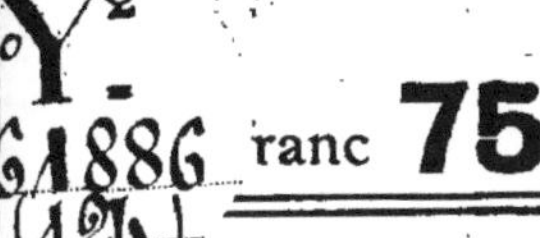

ranc **75**

Select-Collection

ANDRÉ THEURIET

DE L'ACADÉMIE FRANÇAISE

L'Affaire Froideville

ROMAN

E. FLAMMARION, Éditeur, 26, rue Racine.

L'Affaire Froideville

ŒUVRES D'ANDRÉ THEURIET

DE L'ACADÉMIE FRANÇAISE

PUBLIÉES PAR LA LIBRAIRIE E. FLAMMARION

COLLECTION IN-18 JÉSUS.

MON ONCLE FLO, roman.

LA SŒUR DE LAIT, roman.

HISTOIRES GALANTES ET MELANCOLIQUES.

ANDRÉ THEURIET
DE L'ACADÉMIE FRANÇAISE

L'Affaire Froideville

MŒURS D'EMPLOYÉS

ROMAN

ERNEST FLAMMARION, EDITEUR
26, RUE RACINE, PARIS

L'affaire Froideville

PREMIÈRE PARTIE

I

Dans la plupart des ministères, midi est l'heure où la machine administrative ralentit son fonctionnement. A ce moment, les directeurs et les chefs de division, ayant dépouillé leur courrier et donné leurs audiences, s'accordent libéralement une heure ou deux de répit pour aller déjeuner, soit dans leurs familles, soit dans les cafés du voisinage. Quelques chefs de bureau imitent cet exemple parti de haut, et, certains de n'être point appelés par un coup de sonnette directorial, s'esquivent discrètement. Cette trève de midi est très appréciée par les employés en sous-ordre; sous-chefs, rédacteurs, expéditionnaires, qui en profitent, les uns pour déjeuner à leur tour sur un bout de table, dans un carton vide à demi rabattu; les autres pour bayer aux mouches ou fumer un cigare chez le voisin, en colportant et en commentant les commérages des couloirs. Il n'y a pas jusqu'aux garçons de bureau qui ne jouissent de cette heure d'accalmie, en se livrant avec béatitude à une sieste solitaire dans une encoignure d'antichambre, ou à une captivante partie de dames avec un collègue.

Pendant cet intermède quotidien, le ministère semble en proie à un magique sommeil. Les sonneries électriques ont suspendu leurs agaçants appels. Du premier au quatrième étage, un silence solennel emplit les sombres escaliers, dont les marches poudreuses montent en spirales jusqu'aux combles; une paix somnolente règne dans les interminables corridors qui s'enfoncent dans l'ombre, à perte de vue, et sur lesquels les portes numérotées des bureaux s'ouvrent comme autant de cellules monacales. Malheur alors au solliciteur inexpérimenté, au provincial peu au courant des habitudes bureaucratiques, qui se fourvoient à cette heure intempestive dans le labyrinthe des couloirs muets; ils risquent de perdre une bonne partie de leur journée et une forte dose de leur patience à battre l'estrade à travers cette cité administrative, aux rues plus nombreuses et plus enchevêtrées que celles d'une petite ville.

C'est à cette rude épreuve qu'un matin d'avril 1864, était soumis depuis tantôt une heure un infortuné patient, dont on voyait de temps à autre la silhouette étriquée, chétive, effarée, poindre au sommet d'un escalier, se cogner aux coffres à bois en saillie dans les earrefours obscurs, puis plonger de nouveau dans la nuit des corridors. Parfois, tout au loin, à l'extrémité blafarde d'un couloir subitement éclairé, on apercevait le pauvre homme s'épongeant le front, balbutiant quelque interrogation timide à la porte d'une antichambre. Ahuri, éperdu, il gravissait l'escalier J, trottinait le long du corridor du Nord, puis s'arrêtait, consultait une note, redescendait avec un geste désespéré l'escalier B et se perdait de nouveau dans le dédale des couloirs de l'immense bâtisse du ministère, en ce moment silencieuse comme une île déserte.

Pendant ce temps, au troisième étage de l'aile Est, occupée par une des directions générales, un groupe d'employés mettait à profit la bienheureuse trève de midi pour prendre le café chez un camarade, Georges Lafontan, sous-chef à la division des Epaves et déshérences. Le cabinet de Lafontan, situé à l'extrémité d'un couloir et ayant une fenêtre sur la rue, offrait aux habitués de midi toutes les conditions de sécurité et d'agrément désirables. En se penchant au balcon, on pouvait assister au va-et-vient de la rue et darder un regard indiscret dans les intérieurs des maisons d'en face. En outre, le couloir étant sans issue et le cabinet du sous-chef se trouvant le dernier de l'enfilade, on courait moins le risque d'être surpris à l'improviste, ou dérangé par un visiteur inopportun. D'ailleurs, Lafontan, qui était un esprit plein de ressources, avait imaginé un *truc* pour se débarrasser des gêneurs qui auraient pu tomber chez lui pendant cette heure réservée à l'intimité. Lorsque quelque fâcheux se présentait, Massabiou, son garçon de bureau, était averti par un signe convenu, et, au bout de quelques minutes, on voyait par l'entre-bâillement de la porte, émerger sa tête effrontée et roublarde de Marseillais.

— M. le sous-directeur, disait-il avec son accent du Midi, *demannde* M. Lafontan pour l'affaire Froideville...

Lafontan se levait désolé, le visiteur s'excusait et prenait son chapeau, le sous-chef le reconduisait jusqu'au bout du couloir, puis rentrait en se frottant les mains, et le tour était joué.

Cette affaire Froideville était une vieille instance enterrée depuis longtemps, après avoir donné du fil à retordre à deux générations de chefs et de sous-chefs. A l'heure actuelle, elle dormait au fond des cartons; on ne savait plus trop en quoi elle consistait, mais le nom était resté à l'état légendaire dans la division, comme une de ces instances embrouillées qui ont produit des entassements de paperasses, et Lafontan trouvait plaisant que cette ennuyeuse affaire servit maintenant d'épouvantail pour effaroucher les importuns. Ce genre de plaisanterie était le divertissement favori de ce Gascon de Lafontan, dont l'esprit délié, verveux et frondeur était enclin aux charges qui, d'un trait, vous caricaturisent un homme. Habile à saisir les ridicules de ses voisins, il ne résistait pas à la tentation de s'amuser à leurs dépens. Il aimait à faire poser les naïfs, à étiqueter d'un sobriquet comique et expressif ses chefs, ses collègues, ses ennemis et même ses amis.

Originaire des Basses-Pyrénées et proche parent d'un ministre qui le protégeait, il était arrivé de bonne heure au grade de sous-chef et avait eu l'adresse de réduire sa quote-part de travail à la plus minime expression. Il écrivait avec succès dans deux ou trois petits journaux et trouvait, dans cette occupation étrangère au service, de quoi tripler largement ses appointements modestes de sous-chef de troisième classe. N'ayant aucune ambition administrative, il en prenait à son aise. Comme il ne gênait personne et qu'on le savait du reste fortement appuyé, on lui laissait la bride sur le cou et l'on fermait indulgemment les yeux sur son défaut de zèle. Toute la besogne de sa section retombait sur le dos de son chef Couturier et du rédacteur Jacques Marly; mais il les en dédommageait en leur donnant des billets de théâtre, et ni l'un ni l'autre ne se plaignaient. Dans ces conditions, rien d'étonnant que son cabinet fût le rendez-vous des flâneurs et des amateurs de longues causeries. Lafontan les amusait avec des charges d'atelier et des histoires de coulisses; puis on avait la chance de rencontrer de temps à autre chez lui quelques actrices des petits théâtres qui venaient solliciter un bout de réclame, et dont les robes traînantes emplissaient les couloirs d'un froufrou singulièrement affriolant pour tous ces bureaucrates, curieux et émoustillés.

Georges Lafontan était un garçon de trente-deux ans, de taille robuste, à la mine avenante et rabelaisienne, cachant sous des airs de bonhomie un fond de malice narquoise. Son front dégarni sur les tempes était martelé de bosses intelligentes; ses yeux bruns, petits et pétillants, déguisaient à demi leur regard pénétrant sous des paupières bridées; son nez socratique avait de gouailleurs frémissements d'ailes, une belle barbe brune masquait le sourire de ses grosses lèvres moqueuses. Les mains enfoncées dans les poches de son veston de travail, il allait et venait, lançant de temps en temps une plaisanterie et surveillant les progrès de l'eau qui commençait à chanter dans une bouillote à esprit-de-vin, posée sur une table de *décharge*, à côté des tasses et de la cafetière à la Dubelloy. Son cabinet, garni de haut en bas de cartons verts, soigneusement étiquetés, mais vides pour la plupart, avait un aspect un peu plus mondain que les cellules habitées par ses camarades. Deux cachepots ornés de plantes vertes se reflétaient dans la glace de la cheminée; un bouquet de violettes fleurissait dans un verre d'eau posé sur le bureau de chêne ciré. De plus, Lafontan possédait une pendule, un fauteuil Voltaire et un paravent, bien que, d'après le règlement, les sous-chefs n'eussent droit à aucun de ces objets mobiliers. Lafontan avait capté les bonnes grâces du commis préposé au *matériel* en faisant nommer son fils contrôleur dans un théâtre du boulevard, et par la connivence de cet employé, il avait obtenu peu à peu la pendule, le fauteuil et le paravent, objets des convoitises de tous ses collègues. Le paravent surtout était très apprécié et recherché, moins à cause de son utilité hygiénique que parce qu'il préservait l'employé occupé à des besognes étrangères au service, de la surprise trop brusque d'un chef ou de l'espionnage d'un camarade.

Bien que midi eût déjà sonné à toutes les horloges des environs, deux fidèles sur trois étaient seuls arrivés pour le *café :* Deshorties sous-chef aux Instances, et Jacques Marly, le rédacteur de Lafontan. En attendant l'apparition du troisième habitué, Deshorties bourrait une pipe de terre artistement culottée, tandis que Marly, caché derrière les persiennes, observait indiscrètement une fenêtre ouverte de l'appartement d'en face, où une jeune femme procédait innocemment à sa toilette, sans se défier des persiennes hypocritement closes du ministère.

Vieux garçon de cinquante-quatre ans, trapu, solide, carré des épaules, le cou peu développé, le teint couleur brique, les cheveux grisonnants, taillés en brosse, les favoris rudes, les sourcils bourrus retombant sur un œil colère, la bouche chagrine et la moustache hérissée, Deshorties avait l'air d'un sanglier. Il en avait aussi l'humeur et les coups de boutoir. Toujours grognant et irrité, il était systématiquement de l'opposition. Il ne se déridait guère que lorsqu'on lui parlait des « petites dames », aux charmes desquelles il n'était point insensible, et il tourmentait constamment Lafontan pour que celui-ci le fît pénétrer dans les coulisses. Au fond, il était très bon enfant et n'avait pas de méchanceté, mais une existence de trente ans dans cette capucinière des bureaux l'avait rendu maniaque et maussade. Tout son horizon était borné par les préoccupations administratives; il ne voyait rien au delà et les moindres froissements de la vie bureaucratique prenaient pour lui de tragiques proportions. Bien qu'il eût dû être blasé sur les déboires de sa carrière, les injustices le mettaient hors de lui. Depuis qu'il était sous-chef de première classe, il avait vu deux de ses cadets lui passer sur le dos : Perceval, nommé chef aux Instances, et Couturier, chef aux Epaves et déshérences.

Il pardonnait encore la nomination de Perceval, devant le mérite duquel il s'inclinait tout en maugréant ; mais il ne pouvait digérer celle de Couturier, son camarade de promotion, qui, selon lui, n'était qu'un sot (il prononçait *sotte* pour donner plus d'énergie à cette qualification). A partir du jour où Couturier avait été promu à la *chefferie*, Deshorties l'avait mis en quarantaine. Il ne lui adressait plus la parole et ne le saluait plus. Quand il le rencontrait dans les corridors, il se contentait de le regarder droit dans les yeux, puis détournait la tête avec un grognement de mépris. Ce manège qui, grâce à la promiscuité des couloirs, se renouvelait cinq ou six fois par jour depuis cinq ans, avait le don d'exaspérer violemment le nerveux et pusillanime Couturier. Deshorties lui faisait l'effet d'une tête de Méduse ; du plus loin qu'il l'apercevait, il se rencognait dans l'ombre d'une porte ou se réfugiait chez un collègue. Alors Deshorties triomphait. Sa satisfaction se traduisait par un redoublement de grognements contre l'injustice des hommes; il grognait contre son chef, contre le directeur général, contre le gouvernement, et annonçait à ses amis qu'il n'attendait plus qu'une occasion pour gi er Couturier et ..anquer sa démission « au nez du ministre ».

— Bon, voilà ma pipe bouchée ! bougonna Deshorties en soufflant désespérément dans le tuyau ; j'ai eu le tort de l'oublier sur ma table et mon animal de garçon de bureau l'aura obstruée pour me jouer un tour... J'ai toujours soupçonné ce drôle de Chantemerle d'être soudoyé par Couturier !..

A ce moment, le rédacteur, qui guettait derrière les persiennes, se retourna vivement.

— Messieurs, s'écria-t-il, la dame d'en face est décidément charmante !... Elle vient de lever les bras pour nouer ses cheveux... J'ai rarement vu des mouvements plus gracieux et des attaches plus fines...

Le rédacteur, Jacques Marly, pouvait avoir vingt-huit ans. Il était svelte, avec une allure un peu timide, qui ne lui messeyait pas, et quelque chose d'expansif dans la physionomie qui le rendait sympathique à première vue. Il avait de beaux yeux bleus très tendres, un teint blanc, des traits fins, des cheveux noirs frisés et une barbe noire bien plantée ; avec cela l'air modeste, la tournure élégante. C'était un travailleur consciencieux, exact aux heures réglementaires, doué d'une grande facilité et abattant beaucoup de besogne sans beaucoup de bruit. Ses chefs ne lui reprochaient qu'une chose : c'était de faire de l'aquarelle et du fusain en dehors des heures de bureau. Il avait eu quelque succès au dernier Salon, et, à cause de ce succès, il était jalousé par ses camarades; en outre, Couturier, qui avait la race des artistes en aversion, le regardait avec méfiance et le notait médiocrement.

— Voyons cette merveille ! grogna Deshorties en braquant son pince-nez vers la fenêtre d'en face. Peuh !... les bras sont grêles et elle a peu de gorge... C'est maigriot... Viande creuse, jeune homme, viande creuse !... Parlez-moi d'une superbe créature qui vous jette en avant une poitrine rebondie et plantureuse !

— Mon bon Deshorties, interrompt Lafontan, je vous ai toujours soupçonné d'avoir un faible pour les amours *ancillaires*, comme dit Sainte-Beuve.

— Sainte-Beuve ?... connais pas ! répliqua Deshorties, et son opinion m'est inférieure... Pour mon goût, il n'y a que les femmes grasses et bien en chair...

— Ah ! ça, reprit Lafontan en versant l'eau bouillante sur le filtre de la Dubelloy, le café est prêt et Dubrac n'arrive pas !...

— Parbleu ! murmura Deshorties, il est toujours en retard... En voilà encore un qui n'est pas sérieux !... Pas la moindre notion de l'exactitude ; toujours les yeux dans les nuages !... Une idée par jour, oui, mais pas la moindre suite dans les idées... S'il n'ouvre pas l'œil, Perceval lui coupera l'herbe sous le pied .. Perceval a de la persistance, lui! Il guigne depuis deux ans le fauteuil du sous-directeur : c'est sa pensée dominante; il ne dit pas une parole, il n'étudie pas un dossier, il n'accouche pas d'une solution sans avoir pour objectif la place du sous-directeur Pécoul !...

— Est-ce que vous croyez la vacance prochaine ?

— Dame, Pécoul est bien malade !... Il n'a pas mis depuis trois mois les pieds au ministère, et il faudra bien qu'il se décide, un jour ou l'autre, à demander sa retraite... Perceval va maintenant prendre de ses nouvelles toutes les semaines... C'est un signe, cela !

— Je ne crois pas aux chances de Perceval, objecta Lafontan, Dubrac, en sa qualité de chef du personnel, est tout désigné pour la sous-direction, et puis il est bien en cour, il a l'oreille du secrétaire général.

— Possible... Mais au-dessus du secrétaire général il y a le ministre, et Perceval cherche à le circonvenir... Après ça, ils ne nommeront peut-être ni l'un ni l'autre, ils choisiront quelque nullité... un Couturier quelconque !... C'est assez dans leurs habitudes... Je serai curieux de voir celle-là ! Je reste par curiosité, moi !... Après avoir vu cette dernière ignominie, ce sera fini !... Je flanquerai ma démission... et mon pied, vous savez où !...

— Bah! mon vieux Deshorties, si c'est Dubrac qui l'emporte, vous passerez chef et vous nous resterez !...

— Messieurs, s'exclama Jacques Marty en refermant son carnet à croquis, je crois que voici M. Dubrac !

En effet, du fond du couloir, on entendait un piétinement menu, rapide et pesant à la fois, qui se rapprochait de plus en plus, accompagné d'un petit sifflotement en sourdine. Puis la porte du cabinet s'ouvrit comme poussée par un coup de vent, et Dubrac entra.

De taille moyenne, replet et grassouillet, Anatole Dubrac, chef du personnel, avait, en dépit d'un commencement d'embonpoint et de ses quarante-cinq ans, les mouvements très prestes et la tournure très jeune. Il n'était pas beau; bien des gens même le trouvaient laid, avec son visage tavelé de taches de son, ses cheveux d'un blond ardent, ses sourcils clairsemés sur l'arcade sourcilière rougissante, sa barbe rousse mal plantée autour d'une bouche aux grosses lèvres pâles ; mais sa laideur était aimable, ses yeux bleus spirituels avaient une limpidité enfantine; la vivacité et la mobilité de sa physionomie étaient telles, qu'on lisait sur son visage comme dans un livre ouvert. Sous son front haut et fuyant flambait une imagination toujours ardente, lançant par intermittence de bruyants feux d'artifice. Son esprit était chimérique, son cœur chevaleresque et sa conversation entraînante. Dans ce cerveau en fusion, comme disait Deshorties, chaque jour bouillonnait une idée nouvelle, pour laquelle Dubrac se passionnait. Homme de première impression et de premier mouvement, il s'engouait vite des choses et des gens et s'en dégoûtait avec la même rapidité. Dans cette nature sensible et nerveuse, il entrait beaucoup d'éléments féminins; trop peut-être, au dire des mauvais plaisants: car Anatole Dubrac, bien qu'il fût très galant avec les dames, n'avait jamais eu que de platoniques amours. Il était resté garçon, après avoir manqué plusieurs mariages, et on ne lui avait jamais connu de maîtresse. Georges Lafontan, dont la malignité n'épargnait personne, l'avait surnommé la *chaste Suzanne*. En effet, il s'effarouchait d'un mot trop leste et rougissait comme une jeune fille, quand, au *café* du midi, la conversation s'égayait en plaisanteries salées.

— Hé ! arrivez donc, Dubrac, s'écria Lafontan, le café refroidit.

— Excusez-moi, mes chers camarades, j'ai eu une audience très chargée, j'ai été appelé par le directeur général, je suis absolument surmené...

Tout en parlant, Dubrac avait rapidement serré les mains de ses trois amis, puis avec sa pétulance habituelle, il s'était versé une tasse de café, l'avait sucrée et la buvait toute bouillante, au risque de se brûler les lèvres.

— Ah ! mes amis, continua-t-il, les affaires !... La journée n'y suffit pas... Mais enfin, ce qui me console, c'est que, malgré cela, je ne me suis jamais senti si jeune !... Oui, ma parole, je crois que je rajeunis... Tenez, hier, j'ai passé la soirée à Buc, en compagnie de femmes aimables et distinguées... Avant le dîner, nous nous promenions dans le bois de Satory. Une de ces dames me défia de descendre la pente gazonnée qui dévale jusqu'au pied de l'aqueduc... Je la pris par la main, je dégringolai avec elle jusqu'au bas de la pente et la lui fis remonter, toujours courant... Ce qui ne m'empêcha pas, le soir, de valser pendant une demi-heure, et ce matin, dès l'aube, d'être au travail... On a encore du feu, mon brave Deshorties !...

— Parbleu ! riposta le sous-chef, les feux de paille sont ceux qui flambent le mieux, seulement ils ne durent pas... Et après ? La belle dame, qu'en avez-vous fait ?

— Je l'ai reconduite jusqu'à sa porte et je lui ai souhaité le bonsoir.

— Jusqu'à sa porte seulement ! Moi, je serais monté chez elle et je lui aurais montré de quel bois je me chauffe.

— Mon cher Deshorties, n'abusez donc pas de ces plaisanteries de corps de garde... Cette dame était une personne aussi respectable que charmante, et, de plus, la femme d'un collègue... C'était Mme Couturier !

— Saperlipopette !... raison de plus ! s'écria Deshorties en tirant de sa pipe bouffée sur bouffée; je boirais du lait, moi, si je pouvais tromper ce sot de Couturier !

— Deshorties, vous passez les bornes !... Et, à ce propos, mon ami, vous devriez faire votre paix avec le collègue... Cette brouille a trop duré et à tout péché miséricorde.

— Oui, il y a prescription, ajouta sournoisement Lafontan, qui se plaisait à voir Deshorties « monter à l'échelle »... D'autant plus que c'est gênant pour nous tous... Couturier est mon chef et il n'ose plus entrer chez moi, de peur de vous y rencontrer.

— Ni chez moi, ajouta timidement Jacques Marly, et il a l'air de me rendre responsable de vos coups de boutoir.

A mesure qu'on insistait sur la question Couturier, Deshorties devenait cramoisi.

—Moi, s'écria-t-il, ménager un pareil coco !... J'aimerais mieux m'en aller tout de suite, afin de pouvoir soulager ma bile et traiter une bonne fois ce lécheur de bottes comme il le mérite ! Je vous trouve charmants, vous autres ! Vous êtes pleins d'indulgence pour ceux qui piétinent dans les plates-bandes du voisin, pourvu qu'on ne marche pas dans votre jardin, à vous... Je voudrais bien voir la tête que ferait Dubrac, si Perceval était nommé sous-directeur à sa place !

— Ça, c'est différent, répliqua Dubrac, la première vacance m'a été promise formellement, et ce serait un déni de justice.

— Un déni de justice ! Eh bien, est-ce que c'était juste de me préférer un propre à rien, qui a été nommé sous-chef après moi ! J'étais plus ancien que lui, et il m'a passé sur le dos; vous appelez ça de la justice, vous autres ? Et vous voulez que j'aille serrer la main de cet intrigant ? Mille trompettes ! j'aimerais mieux me couper le poignet !

La discussion en était là, quand soudain, par la porte entre-bâillée, Massabiou, passant sa tête hirsute, s'écria :

— Quelqu'un *demannde* M. Marly pour l'affaire Froideville !

Marly tressauta sur sa chaise et regarda, interloqué, ses trois camarades qui ne purent réprimer un sourire.

— L'affaire Froideville, fit le rédacteur, croyant à une charge de Lafontan, je la connais, celle-là ! Dites donc, Lafontan, si vous avez envie de vous débarrasser de moi pour causer avec ces messieurs, avouez-le-moi franchement, au lieu de me le faire signifier par Massabiou.

— Mon cher ami, protesta Lafontan, je vous jure que je ne suis pour rien dans cette plaisanterie !

— Mais je ne *plaisannte* pas, monsieur Lafontan; vrai de vrai, il y a là, dans l'antichambre, un particulier qui désire voir M. Marly pour l'affaire en question...

— C'est feu Froideville qui ressuscite pour tordre le cou à Couturier, comme Couturier a tordu le cou à son affaire... La peine du talion, quoi ! grogna Deshorties.

— Froideville n'est donc pas un mythe !... ricana Lafontan; allez-y, Marly, ça en vaut la peine.

— Je ne sais si ce monsieur s'appelle Froideville, reprit Massabiou, mais il m'a remis une carte.

En même temps il tendait à Marly un carré de bristol sur lequel le jeune rédacteur lut :

BENOIT SOMBERNON

Ancien dessinateur à la fonderie de Marnay,

et, au-dessous :

« Je recommande chaudement cette affaire à la bienveillante attention de l'Administration.

Général JAMETZ, *sénateur*. »

— Une recommandation du général Jametz, l'ami du grand chef ! C'est sérieux, Marly, il faut y aller ! s'écria à son tour Dubrac.

— Quelle scie ! maugréa Jacques Marly en vidant le fond de sa tasse; Massabiou, conduisez ce monsieur dans mon cabinet... Je viens ! »

Le rédacteur jeta sa cigarette, serra la main à ses trois camarades et sortit lentement, à la suite du garçon de bureau.

II

— Entrez, monsieur, et asseyez-vous ! dit sèchement Jacques Marly au petit homme qu'il trouva s'essuyant méticuleusement les pieds sur le paillasson.

L'homme entra, déposa avec précaution son parapluie près du chambranle de la porte, s'épongea le front (car il suait à grosses gouttes et semblait tout essouf é d'avoir gravi tant d'escaliers et arpenté tant de couloirs), puis il s'assit sur le bord d'une chaise et tamponna son mouchoir dans le fond de son chapeau qu'il plaça à ses pieds sur le parquet.

Il était de taille plus que médiocre et d'apparence chétive. Vêtu d'un complet de drap marron, taillé en province, et dans lequel flottaient ses membres grêles, il portait des gants de filoselle et une cravate de couleur, ornée d'une épingle à tête de camée. Son nez retroussé, entraînant de bas en haut la lèvre supérieure, ses joues rasées, sa figure mobile plissée d'une quantité de petites rides, surtout à la racine du nez, son front étroit et la disposition même de ses oreilles couchées en arrière, lui donnaient quelque chose de craintif et d'effaré qui rappelait la physionomie du lièvre. Ses yeux bleus, humides, de bons yeux de chiens, examinaient anxieusement les murs du cabinet du jeune rédacteur. Le cabinet, meublé d'une table de chène ciré, de trois chaises et d'un poêle de faïence, était très étroit. Poudreux, encombré de casiers et de cartons, éclairé par une fenêtre à rideaux verts, donnant sur une cour intérieure, il n'avait rien de l'élégance du cabinet de Lafontan; mais l'aspect des cartons et des paperasses surchargeant la table-bureau suffisait à intimider le visiteur.

Jacques Marly s'était assis sur sa chaise cannée et attendait impatiemment que le petit homme s'expliquât.

— Vous venez, lui demanda-t-il, pour cette affaire?...

— Froideville... Oui, monsieur, ajouta Benoît Sombernon en reprenant haleine; je m'étais d'abord présenté chez M. le directeur général, mais il ne recevait pas et on m'a renvoyé à vous. Vous savez probablement de quoi il s'agit?

— Vaguement, très vaguement. Si j'ai bonne mémoire, l'affaire Froideville est depuis longtemps terminée.

— Terminée, monsieur?... se récria Sombernon avec une certaine vivacité; elle commence!

Jacques Marly pensa qu'il était la proie de quelque solliciteur monomane, comme on en voyait souvent à la division des Epaves et déshérences: révélateurs de trésors ou chimériques héritiers de successions fabuleuses, ouverte aux Indes ou aux Antilles, et, en dépit de la recommandation du sénateur Jametz, il cherchait déjà un moyen poli d'éconduire ce fâcheux, quand le bonhomme poursuivit ;

— Elle commence, oui, monsieur, ou plutôt elle renaît de ses cendres, car je viens de constituer avoué et nous allons reprendre l'instance à la requête de ma fille, unique héritière du marquis de Froideville. Voici, dit-il en tendant au rédacteur un volumineux cahier manuscrit, une copie autographiée de notre nouveau mémoire. Vous savez sans doute que le marquis...

Jacques Marly prévit avec effroi une de ces interminables histoires que savent raconter et enjoliver les chercheurs d'héritages, et il interrompit brusquement son interlocuteur :

— Je crois, monsieur, que nous ferons mieux de nous reporter au dossier, cela nous épargnera une perte de temps, et en ce moment je suis très pressé, très occupé. Attendez-moi quelques minutes.

Le rédacteur courut chez le commis d'ordre et le pria de lui aider à déterrer le dossier Froideville. Ce ne fut pas une petite besogne; enfin on retrouva le fameux dossier au fond d'un placard de Lafontan, où il gisait pêle-mêle avec des paquets de journaux, sous une couche de brochures offertes à ce dernier et qu'il jetait dans ce capharnaüm.

Pendant qu'on procédait aux fouilles, Benoît Sombernon se morfondait dans le cabinet de Marly. Enfin la porte se rouvrit, et le bonhomme poussa un soupir de soulagement en voyant rentrer le rédacteur, suivi de Massabiou qui portait le volumineux dossier Froideville. Le garçon de bureau en avait plein les bras. Avec un ouf! bruyant, il laissa tomber sur la table le dossier, d'où monta vers le plafond un épais nuage de poussière âcre, qui prenait à la gorge.

— Trounn de l'air! s'exclama Massabiou, qui était impudemment familier, il fume comme un volcan, ce dossier! Je crois qu'il est plus ancien que vous et moi, monsieur Marly!

En même temps il avait pris un plumeau et, ouvrant la fenêtre, il époussetait consciencieusement l'énorme monceau de paperasses, que contemplaient Marly et Sombernon, le premier avec ennui, le second avec une religieuse émotion.

Il était vieux, en effet, le dossier! Comme on dit en style bureaucratique, « il avait de la barbe ». On ne sait si cette pittoresque expression tire son origine des nombreuses toiles d'araignée qui se forment fatalement autour des dossiers oubliés, ou si elle provient de ce que les pièces de procédure sont attachées aux deux bouts par des houppes de fil rouge. L'accumulation de ces fils flottants donne aux paperasses amoncelées un aspect chevelu et vénérable, comme les lichens qui pendent aux branches des sapins centenaires dans une forêt de haute futaie.

Le dossier Froideville, épais et ventru, retenu dans le milieu par une courroie de toile éraillée, avait une mine à la fois lamentable et imposante, avec ses liasses habillées de *chemises* jaunes ou verdâtres, sur lesquelles chaque année avait déposé une couleur poudreuse spéciale. De même qu'on suit sur les rochers bordant le lit d'un torrent les marques successives laissées par la baisse des eaux, de même on pouvait deviner, à la teinte spéciale des *chemises* du dossier, combien d'employés avaient bâillé et pâli sur cette vieille affaire. Le papier verdâtre et grenu des premières liasses indiquait certainement une instruction commencée sous le règne de Louis-Philippe; le papier gris de certains fascicules remontait indubitablement à la révolution de février, puis venaient les chemises jaunes, révélant une reprise d'instance plus récente.

Jacques Marly déboucla la courroie en p

sant un soupir, et se mit à feuilleter silencieusement les liasses supérieures. Que de flots d'encre avaient déjà coulé là-dessus, sans que l'affaire eût avancé d'un pas! Que de papier et de temps perdus! Lettres à mi-marge, copies d'actes, exploits, mémoires, notes au contentieux, répliques, rapports au conseil, rapports au ministre... Il y avait là des papiers de tous les formats, de la prose de toutes les provenances, avec des annotations marginales, tantôt brèves et hiéroglyphiques, tantôt prolixes et débordant jusqu'au verso. Marly parcourait sommairement chaque feuillet, s'attachant surtout aux dernières lignes des rapports, et, pendant ce temps, le bonhomme Sombernon, les yeux fixés avidement sur l'employé, suivait avec anxiété les moindres modifications de sa physionomie, cherchant à deviner, à un clignement d'yeux, à un pli des lèvres, à un haussement d'épaules, l'impression que produisait cette lecture.

Après un long silence, traversé seulement par le froissement des papiers feuilletés, le bourdonnement d'une mouche ou un bâillement étouffé du lecteur, Jacques Marly releva la tête, rejeta négligemment la boucle de la courroie sur le dossier éventré, et, se renversant sur sa chaise, dit froidement au solliciteur :

— J'avais parfaitement raison, monsieur, l'affaire est terminée..., elle est éteinte par la péremption.

Les paupières de Sombernon papillotèrent et ses lèvres furent agitées par un douloureux frémissement.

— La péremption? balbutia-t-il, comment cela, monsieur?

— Oui, il y a eu discontinuation des poursuites pendant plus de trois ans, et, aux termes de l'article 397 du Code de procédure, l'instance est périmée.

— Mais, objecta Sombernon en pâlissant, pardon... ma fille était dans l'impossibilité d'agir, elle était mineure.

— La péremption court même contre les mineurs. Tenez, répliqua Jacques en ouvrant le Code, lisez vous-même.

Mais le pauvre homme était trop agité pour pouvoir lire; les lignes dansaient devant ses yeux. Il posa le volume sur la table :

— Je m'en rapporte à vous, monsieur, merci... Pourtant, mon homme d'affaires n'a fait aucune difficulté. Il ne m'a pas parlé de cette péremption.

— Parbleu! La péremption n'éteint pas l'action; elle emporte seulement extinction de la procédure entamée. Libre à vous de recommencer à nouveaux frais. Mais, en ce qui nous concerne, dans l'état actuel des choses, nous considérons l'instance comme terminée.

— Diantre! s'écria naïvement le bonhomme, moi qui venais proposer à M. le directeur général un arrangement à l'amiable!

— C'est une plaisanterie! murmura Jacques avec un sourire de compassion; je ne suppose pas que votre homme d'affaires vous ait conseillé une démarche aussi enfantine.

— Non, au contraire, il nous conseille de plaider.

— Eh bien, plaidez, monsieur, faites-nous un nouveau procès! Seulement, je vous en préviens, votre affaire me semble détestable. Vous perdrez votre argent et vos peines. C'est tout ce que je puis vous dire, ajouta-t-il en se levant pour congédier le visiteur.

Mais celui-ci restait affaissé sur sa chaise, tortillant machinalement le bout de ses gants de filoselle, avançant et retirant sa lèvre inférieure. Il finit cependant par ramasser d'un air ahuri son chapeau posé à terre, et par en retirer, d'une main tremblante, le mouchoir tamponné dans la coiffe, puis il se leva péniblement. Tout à coup Marly, qui suivait avec impatience les mouvements très lents de Sombernon, vit deux grosses larmes humecter ses yeux bleus et rouler sur ses pâles joues plissées. La tristesse silencieuse du bonhomme le remua. Il eut conscience de l'avoir provoquée par la façon brutale avec laquelle il avait cherché à le décourager. Après tout, il n'était pas si convaincu que cela du peu de succès de l'instance reprise par les héritiers Froideville. En déclarant l'affaire mauvaise, il avait purement obéi à cet instinct égoïste qui pousse un employé à se garer d'une besogne qui menace d'être longue et fastidieuse. Maintenant il en avait honte et se reprochait la sécheresse de ses réponses. Au fond de cette instance, qui lui avait d'abord paru une chose ridicule, il y avait peut-être de graves intérêts engagés, une question de pain quotidien pour cette famille Sombernon. Sa figure prit une expression plus ouverte, et d'une voix qu'il s'efforçait de rendre bienveillante :

— Remettez-vous, dit-il, et rasseyez-vous, monsieur.

— Pardon, balbutia le visiteur en essuyant ses yeux, ç'a été plus fort que moi. Vos paroles m'ont donné un coup, voyez-vous, et j'ai songé tout de suite à ma fille qui attend mon retour avec des transes. Pauvre enfant!

— Ne vous désolez pas, monsieur! mes paroles ont peut-être été plus loin que ma pensée. On peut gagner les procès les plus contestables, et si vous avez un bon avoué...

— Assurément! Malgré les renseignements que vous m'avez donnés, quelque chose me dit que je ne dois pas désespérer. Je ne le dois pas... Pour moi-même et surtout pour ma fille.

— Quel âge a mademoiselle votre fille? demanda Jacques avec une nuance d'intérêt plus accentuée.

— Vingt-deux ans. Non, pas tout à fait, elle

les aura seulement à la Notre-Dame d'août. Et si vous saviez quelle énergie elle possède, quelle raison au-dessus de son âge! Elle a mis tout son cœur dans cette affaire, monsieur!

— Il s'agit, je crois, d'une grosse fortune? observa Marly.

— Oh! ce n'est pas tant la question de fortune que la question d'honneur. Sa défunte mère, à son lit de mort, nous a fait jurer de reprendre le procès qu'elle avait entamé elle-même, et, dès que ma fille Thérèse est devenue majeure, elle n'a pas eu de répit que nous ne remettions l'affaire en état. J'étais, depuis des années, attaché comme dessinateur à la fonderie de Marnay, une grosse usine qui fabrique de la fonte artistique, là-bas, dans la Haute-Marne. J'avais amassé là-dedans un petit patrimoine, un joli *terrage* d'une dizaine d'hectares, avec la maison attenante. Thérèse a dit : « Il faut accomplir le vœu de maman! » Alors j'ai vendu les terres, nous n'avons gardé que la maison. J'ai réuni ainsi une vingtaine de mille francs. Avec vingt mille francs on peut payer pas mal de frais, n'est-ce pas, monsieur? et j'espère que nous en viendrons à bout, parce que, voyez-vous, c'est la justice même, la cause que nous plaidons contre l'Etat. Toute la vérité n'est pas dans votre dossier, et nous autres, nous avons rassemblé des preuves auxquelles il n'y a rien à opposer. Ah! si vous pouviez savoir le fond des choses! Mais vous n'avez pas le loisir, n'est-ce pas? et je ne peux pas vous faire perdre votre temps. Il faudrait connaître l'histoire par le menu, examiner les pièces qui sont en ma possession. Pourtant, si c'était un effet de votre bonté et si vous aviez une heure à perdre un de ces soirs, vous pourriez monter chez nous. Dame, c'est un peu loin d'ici, rue de Fleurus, nº 3. Mais puisque vous serez chargé d'instruire notre affaire, peut-être un entretien avec nous pourrait-il éclairer votre religion?

Le bonhomme parlait avec tant de persuasion qu'il en devenait presque éloquent. Jacques Marly, qui avait toujours honte de la sécheresse de son accueil, résolut de racheter la cruauté de ses paroles en déférant au désir de Sombernon. D'ailleurs, ce brave homme et sa jeune fille, ces gens qui s'étaient arrachés à leur usine, à leur village, pour venir s'atteler à Paris, à un procès long et hasardeux, commençaient à l'intéresser vivement. Le sentiment de l'artiste prenait le dessus sur le froid égoïsme de l'employé. Il voyait déjà, en imagination, ce petit ménage installé en plein Paris, et ce contraste piquait sa curiosité.

— Certainement, monsieur Sombernon, s'écria t-il, j'irai vous visiter. Je ne veux pas vous laisse sur la mauvaise impression de tantôt; vous ver rez que je gagne un peu à être connu. Indiquez-moi l'heure à laquelle j'aura. le plus de chance de vous rencontrer!

— Tous les soirs, monsieur; nous restons chez nous tous les soirs. C'est le seul moment où nous sommes ensemble, ma fille et moi, et notre seule distraction est de parler de notre affaire.

— Eh bien, à un de ces soirs, monsieur Sombernon! dit Jacques en prenant congé du bonhomme.

— Trois, rue de Fleurus, vous vous en souviendrez? D'ailleurs vous avez ma carte... Au cinquième, la porte à droite!

Et Benoît Sombernon, ragaillardi par la promesse de cette visite, inséra son parapluie sous son bras, et se remit à arpenter les couloirs d'un air assuré, comme quelqu'un pour qui le ministère n'a plus de secrets.

III

La vie parisienne est si absorbante que, malgré la promesse faite à Benoît Sombernon, Jacques Marly n'avait pu trouver en huit jours le temps d'aller entendre l'histoire de l'affaire Froideville. Pourtant, un soir de la fin d'avril, ayant été retenu tard sur la rive gauche, il y dîna et résolut de profiter du voisinage du Luxembourg pour monter rue de Fleurus. A son coup de sonnette, la porte s'ouvrit, et il fut reçu sur le seuil par une belle personne, qui rougit tout d'abord en l'apercevant.

— Monsieur Marly, n'est-ce pas? lui dit-elle d'une voix un peu émue.

— Oui, mademoiselle, répondit-il, surpris d'être interpellé par son nom.

Elle se hâta d'ajouter :

— Mon père m'avait annoncé votre visite, monsieur, et comme nous ne connaissons personne à Paris, j'ai deviné tout de suite que ce devait être vous. Donnez-vous la peine d'entrer, mon père va venir dans un instant.

Elle lui fit traverser une étroite antichambre obscure et l'introduisit dans une pièce dont les fenêtres prenaient jour sur la rue.

Le soleil couchant entrait obliquement par les croisées ouvertes, et, sous cette illumination de rayons dorés, la beauté de Mlle Sombernon se révélait dans son plein éclat aux regards charmés de Jacques Marly. C'était une grande jeune fille à la taille souple, mais aux épaules et à la poitrine délicatement modelées. Des cheveux noirs entre-croisaient leurs nattes épaisses au-dessus de la nuque, et retombaient par devant en boucles légères sur son front très pur. Le teint était d'un ton mat, et, sur cette blancheur dorée, deux grands yeux bruns luisaient sous la frange des cils noirs. Le nez droit, l'ovale allongée, la bouche souriante, aux coins retroussés, donnaient à cette figure l'expression mystérieuse et attirante de certaines têtes de vierges de l'école du Vinci. La robe de cachemire noir s'ajustait étroitement au buste, et un petit tablier à bavette à carreaux blancs et roses, attaché par des épingles sur la poitrine, faisait encore ressortir l'exquis modelé du corsage et des épaules.

Après avoir offert une chaise à Marly, Mlle Sombernon alla prévenir son père, tandis que le jeune rédacteur profitait de sa solitude pour examiner curieusement l'ameublement de la pièce où on l'avait reçu.

L'intérieur des Sombernon offrait, en effet, de quoi intéresser un artiste. Jacques Marly se trouvait tout à coup transporté en plein milieu campagnard. La pièce était carrelée, et, dans ce carrelage frotté et luisant se mirait tout un mobilier demi-bourgeois, demi-rustique, qui exhalait une savoureuse odeur de province. Contre l'un des panneaux de la cloison une vaste armoire de chêne bruni étalait ses massifs vantaux aux ferrures brillantes comme de l'argent, aux tiroirs ventrus. L'aspect de cet antique meuble de famille suggérait des visions de lessives coulées à la maison et de pièces de toile blanchissant sur le pré. Au-dessus de la corniche, un rouet avec ses fuseaux de bois tourné et sa quenouille garnie d'une poupée de chanvre, aidait encore l'imagination à s'enfoncer dans ce rêve de vie campagnarde. Entre les deux fenêtres, une horloge à cadran de cuivre, dans sa boîte oblongue de marqueterie, laissant voir par un œil-de-bœuf vitré le va-et-vient du balancier, avait une sonnerie pleine et argentine, qui rappelait celle des églises de village. Les chaises de paille de deux tons, jaune et noir, dressaient au long du mur leurs dossiers en forme de lyre. Un chat jaune ronronnait dans une bergère, dont le siège était rembourré d'un coussin de vieille étoffe à ramages. En face de l'armoire, sur la cheminée, deux porte-bouquets de vieille faïence de Strasbourg se faisaient pendant, accostés de flambeaux de cuivre jaune, accompagnant un sujet également en faïence, qui représentait un galant jardinier, contant fleurette à une bergère Louis XV. Pour compléter cette ornementation de la cheminée, des miniatures étaient accrochées en bordure sur un côté de la glace ; et, de l'autre côté, un passe-partout doré encadrait un diplôme d'honneur sur parchemin, décerné à Benoît Sombernon dans un concours régional. Tout cela embaumait la province, tout, jusqu'aux pots de fleurs qu'on apercevait sur le balcon, et qui avaient évidemment été apportés de la campagne avec le mobilier — pots de citronnelle et de romarin, caisses de laurier-tin et de fuchsias — intimes souvenirs d'un jardin de village, qui mettaient dans ce cinquième de la rue de Fleurus un peu de l'odeur et de la physionomie du terroir natal.

— Bonsoir, monsieur le rédacteur, dit à ce moment Benoît Sombernon, qui entrait avec sa fille, je vous remercie de ne nous avoir pas oubliés. Ah! ah! vous examiniez nos meubles? C'est un peu rustique pour Paris, mais ils viennent tous de notre maison de Marnay, et quand nous les regardons, il nous semble encore être là-bas..., chez nous... n'est-ce pas, Thérèse?

— Oui, répondit Thérèse avec un soupir, ce sont de vieux amis.

— Je n'ai pas besoin de vous présenter ma fille, reprit le bonhomme, je crois qu'elle s'est présentée elle-même. C'est la cheville ouvrière de la maison, monsieur Marly! Elle fait le ménage à elle seule et trouve encore le moyen de suivre les cours d'une école de dessin. Elle peint sur faïence très joliment, je vous assure!

— Papa, tu ennuies monsieur! interrompit Mlle Sombernon.

— Du tout, protesta Jacques en se retournant avec un redoublement de curiosité vers la jeune fille; ah! vous vous occupez de peinture, mademoiselle? Moi aussi, aux heures où le ministère me laisse libre.

Ils se mirent à parler métier. Cette communauté de goûts et d'occupations établit rapidement entre eux une sorte de confraternité familière. Ils causèrent du Louvre, du Salon, qui allait s'ouvrir; Jacques, dont on avait reçu les deux envois, promit à la jeune fille une carte d'entrée pour le jour de l'ouverture. Ils s'oubliaient si bien dans cette conversation sur l'art et les artistes, que Sombernon crut devoir intervenir.

— Il ne faut pas, dit-il, que M. Marly perde son temps avec nous, et nous avons à parler de notre affaire. Ce sera long, et je ne voudrais pas, monsieur le rédacteur, abuser de vos moments, qui sont précieux. Cette histoire de l'affaire Froideville ressemble à ces aventures qu'on lit dans les romans. Elle est, de plus, très compliquée de petits détails qui mettront votre patience à l'épreuve. Moi-même, je m'y perds quelquefois, mais je compte sur Thérèse, qui a tout présent à l'esprit, pour me ramener dans le droit chemin, si je m'égare.

Jacques Marly s'était assis. Thérèse, à son tour, prit la place du chat dans la bergère, le mit sur ses genoux, puis s'occupa d'un ouvrage à crochet, qu'elle avait tiré d'un chiffonnier. Pendant ce temps, M. Sombernon était allé prendre une liasse de papier dans la fameuse armoire, et se plaçant à côté du rédacteur, il commença :

— Je dois d'abord, monsieur, vous parler des Froideville, qui sont les auteurs de nos maux et qui auront éternellement à se reprocher la mort de deux braves et innocentes femmes. C'étaient des nobles du Morvan. Trois frères : l'aîné, le duc est décédé célibataire ; le plus jeune s'est marié à l'étranger et a eu une fille, qui a épousé le comte d'Entrevernes ; le cadet, enfin, le marquis Bernard de Froideville, après être resté garçon jusqu'à quarante ans, se maria à Paris, en 1816, avec la fille d'un officier supérieur de l'ex-garde impériale, nommée Louise-Thérèse Lafauche. La jeune fille n'avait pas de fortune, et, de plus, était d'origine bourgeoise. Aussi ce mariage fut-il très mal vu de la part des frères du marquis de Froideville, qui étaient furieux de cette mésalliance. Leur opposition n'arrêta pourtant pas Bernard, qui s'entetait volontiers dans ses idées et qui, d'ailleurs, avait le cœur tout à fait pris. Il faut vous dire que Thérèse Lafauche était très séduisante, excellente musicienne, chantant à la perfection et belle à miracle.

— Tu peux montrer son portrait à monsieur, interrompit Mlle Sombernon, en enlevant un des petits portraits accrochés près de la cheminée et en le tendant à son père. C'est une miniature peinte par un des meilleurs artistes du temps où elle était jeune.

Jacques se pencha pour examiner le cadre noir où se détachait, d'un cercle d'or, le portrait d'une jeune femme vêtue à la mode des premières années de la Restauration : robe au corsage croisé, manches très larges, cheveux noirs bouclant sous un grand chapeau rond orné de plumes. La tête était charmante, pensive et spirituelle, avec un teint blanc, des traits délicats et deux grands yeux bruns.

— Elle était fort belle, en effet, murmura Jacques ; puis il ajouta, en arrêtant de nouveau ses yeux sur la figure de Thérèse Sombernon : Je trouve qu'elle ressemble à mademoiselle...

— C'était ma grand'mère, répondit la jeune fille qui rougit et se remit à son crochet.

— Oui, insista le père, la ressemblance est frappante. Thérèse Lafauche et Bernard de Froideville se marièrent à Paris et s'y fixèrent. Malheureusement, ce mariage ne leur donna pas beaucoup de satisfaction. Dès les premiers jours, ils s'aperçurent qu'ils n'étaient pas faits pour s'entendre. La jeune femme aimait le monde où elle était très choyée pour sa beauté et ses talents, tandis que le marquis, avec son caractère ombrageux et défiant, aurait voulu vivre quasiment comme un ours.

— Il faut, ajouta Thérèse en relevant la tête, expliquer à monsieur que mon grand-père était sujet à des accès d'humeur noire ; sa jalousie poussée à l'excès l'avait rendu presque maniaque. Et puis il était d'une dévotion étroite, méticuleuse, consistant surtout en pratiques superstitieuses que ma grand'mère trouvait un peu ridicules. Il surveillait sa femme avec une méfiance injurieuse, et, qui pis est, il la faisait espionner par les domestiques. Quand sa manie le prenait, il allait meme jusqu'à enfermer ma grand'mère dans son appartement pendant des semaines entières. Tout cela ne créait pas à la jeune femme une existence couleur de rose. Néanmoins, elle s'armait de patience et restait d'autant plus soumise qu'elle était dans l'absolue dépendance de son mari, comme toutes les filles sans fortune, qui font un mariage d'argent.

— Pendant près de quatre ans, reprit Sombernon, la marquise ne donna à M. de Froideville aucun espoir de paternité et leur union parut devoir rester stérile, à la grande satisfaction des deux frères Froideville, qui avaient toujours compté que l'héritage de leur frère leur reviendrait. Tout à coup, vers la fin de la quatrième année, la marquise annonça à son mari qu'elle était grosse. Elle supposait que cette nouvelle adoucirait l'humeur du marquis, et que la perspective d'avoir un héritier l'amènerait à se montrer plus aimable, mais elle ne connaissait pas encore le pèlerin ! A partir du moment où il apprit la position de sa femme, M. de Froideville devint plus quinteux. A force de se tourmenter lui-même, une nouvelle rêverie lui avait traversé le cerveau. Ne s'était-il pas mis en tête que sa femme le trompait et que l'enfant dont elle était enceinte n'était pas de lui ? Il se mit à ruminer cette lubie ; cela devint une idée fixe, et, comme les fous ne peuvent s'empêcher de parler de leur folie, le marquis ne manqua pas de confier ses soupçons à ses frères, qui, par malice ou par intérêt, l'entretinrent méchamment dans cette odieuse supposition. Dans les derniers temps de la grossesse de sa femme, le marquis avait fini par interrompre toute relation avec elle. Il affectait de ne plus lui adresser la parole et la faisait servir seule dans son appartement, où il n'entrait jamais. Cependant le terme approchait, et le médecin de la famille crut devoir avertir le mari que l'accouchement aurait probablement lieu avant quarante-huit heures. Alors, monsieur, il se passa un fait d'une brutalité que je qualifierais de criminelle, si elle n'avait pas été l'œuvre d'un fou. Le lendemain du jour où il avait reçu l'avis du médecin, à six heures du matin, pendant que la marquise dormait encore, M. de Froideville, accompagné de son frère aîné, pénétra dans la chambre de sa femme et lui intima l'ordre de s'habiller en toute hâte. Puis, malgré ses protestations, ils la forcèrent à descendre dans la cour de l'hôtel où tout le monde était endormi. Une berline attelée stationnait devant le perron ; les deux frères y poussèrent la malheureuse femme. Le marquis monta seul auprès d'elle, tandis que le frère faisait ouvrir la porte de la rue. Le cocher fouetta les chevaux et on partit. C'était en hiver, Les rues étaient désertes, les glaces étaient relevées, et d'ailleurs la marquise était dans un état d'ahurissement tel, qu'il ne lui vint même pas à l'esprit de crier et d'appeler au secours. Tandis que la berline roulait, le marquis tout à son idée fixe, expliqua froidement à sa femme qu'il avait la conviction que l'enfant qu'elle allait mettre au monde n'était pas de lui. Il ne voulait pas, dit-il, faire du scandale, mais il était décidé à prendre des mesures pour que cet enfant ne portât pas son nom. La marquise protesta, pria, pleura, prit le ciel à témoin de son honnêteté, mais que voulez-vous faire contre les idées d'un fou? M. de Froideville resta impitoyable. Au bout de quatre heures, on arriva dans une plaine située à la lisière de la forêt de Rambouillet, où le marquis possédait un rendez-vous de chasse attenant à une ferme. A peine y fut-on installé, que la marquise, horriblement remuée par cette épouvantable aventure, sentit les premières douleurs. Un lit avait été préparé et une sage-femme du voisinage avait été appelée. Le marquis s'était retiré dans une pièce voisine et ne se montrait pas. Ce fut en présence de cette sage-femme et d'une des servantes de la ferme, que la marquise, au milieu de la nuit, accoucha d'une fille...

Sombernon s'animait à mesure. Jacques écoutait avec stupeur cette histoire étrange, qui comme l'avait annoncé le bonhomme, avait toutes les allures d'une fiction romanesque. Il se demandait si Sombernon n'était pas dupe de quelque mystification, ou s'il ne s'emballait pas, en prenant pour la vérité pure une sorte de légende dramatique qui plaisait à son imagination. En même temps ses regards allaient du père à la fille, et, en voyant le pur visage sérieux de Thérèse, la confiance lui revenait. Il lui semblait impossible qu'une fille si intelligente et d'apparence si raisonnable partageât les illusions de son père, dans le cas où elle ne serait pas convaincue de l'absolue exactitude de cette histoire.

IV

Le lendemain matin, continua Sombernon, le nouveau-né fut déclaré à l'état-civil de la commune de Laverrière, par la sage-femme accompagnée d'un garçon de ferme et du cocher du marquis, sous le nom de Marie-Louise Lafauche, « née d'un père inconnu ».

— Mais c'était une suppression d'état! s'écria Jacques.

— Oui, c'était un crime tout bonnement, répondit Sombernon.

— Seulement, ajouta Thérèse, tu oublies de dire que le marquis n'osa pas aller jusqu'au bout et qu'il fit baptiser ma mère sous ses vrais noms à l'église des Yvelines.

— Oui, reprit le bonhomme, c'est même cette inconséquence qui fait notre force. Soit par suite d'une bizarrerie de maniaque, soit plutôt à raison de ses scrupules de dévot, le marquis de Froideville mit le curé dans la confidence, et le registre de baptême de l'église des Yvelines constate que l'enfant a été baptisée comme fille de Bernard de Froideville et de Thérèse Lafauche. Le marquis espérait sans doute que cette déclaration resterait perdue dans les archives de cette paroisse obscure, et il croyait d'ailleurs qu'elle n'avait aucune valeur aux yeux de la loi.

— Il se trompait, s'exclama Jacques, elle peut servir de commencement de preuve par écrit.

— Parfaitement, répliqua Sombernon, et voilà justement où je vois je ne sais quoi de providentiel.

Il continua son récit en racontant dans les plus minutieux détails ce qui s'était passé au retour de l'église. Bernard de Froideville s'était séparé de la marquise en lui déclarant qu'à partir de ce jour elle et son enfant ne seraient plus pour lui que des étrangères. Il consentit néanmoins à servir à la mère une pension de mille écus, à condition qu'elle irait s'établir sous son nom de fille, au fond de la province, à Langres. Il ajouta que si Mme Lafauche venait à manquer à cet engagement, la pension serait immédiatement supprimée. Quand tout fut convenu, il retourna seul à Paris, puis, bientôt après, quitta la France, emmenant avec lui le cocher et la paysanne qui avaient servi de parrain et de marraine à l'enfant; de son côté, Mme de Froideville, dès qu'elle put supporter le voyage, gagna avec sa fille la résidence qui lui avait été assignée et elle n'entendit plus parler du marquis.

— Et une fois libre, interrompit Jacques, devenu de nouveau incrédule, elle ne protesta pas? Elle ne dénonça pas cet acte de violence aux tribunaux?

— Hélas! non, monsieur. Elle aimait sa fille, ne voulait pas la voir mourir de faim, et dans cette ville où elle se trouvait jetée au milieu d'inconnus, elle n'avait d'autres ressources que la pension servie par le notaire du marquis. Elle fit contre fortune bon cœur. D'ailleurs toutes ces émotions cruelles avaient détraqué sa santé, et elle se sentait sans forces pour lutter. Elle éleva sa fille dans le silence et l'obscurité, et, afin que l'enfant ne pâtit point trop, elle mit à profit ses connaissances musicales pour trouver quelques leçons de chant et de piano qui lui permirent de donner à Louise une éducation convenable. L'enfant fut placée à huit ans au couvent des dames de la Providence.

— Je crois, dit Mlle Sombernon, en voyant que son père allait se noyer dans les détails, je crois que tout cela est indifférent à M. Marly, et tu devrais tout de suite en venir aux points importants.

— C'est vrai, reprit-il, j'oublie toujours que ces choses n'ont d'intérêt que pour nous et pour moi en particulier, puisque douze ans après je devins amoureux de Louise Lafauche. J'étais alors dessinateur à la fonderie de Marnay et je rencontrais la jeune fille dans une maison tierce. Ce fut le plus beau temps de ma vie, monsieur! Bref, je demandai sa main à la mère et nous fûmes bien vite d'accord. Seulement, Louise ignorait son véritable nom ; quand il fallut faire venir l'acte de naissance, Mme Lafauche hésita, se troubla, fondit en larmes, puis nous avoua à tous deux le terrible secret, en nous adjurant de ne le révéler à personne. Nous reçûmes cette confidence sans grande émotion, nous ne pensions qu'à notre mariage et nous promîmes tout ce qu'elle voulut. Nous étions à peine en ménage depuis un an, lorsque, un beau matin, le courrier apporta à ma belle-mère une lettre qui la révolutionna violemment. C'était un billet de l'aîné des Froideville. Nous l'avons gardé, bien entendu, et je vais vous en donner lecture.

Le bonhomme feuilleta la liasse qu'il tenait sur ses genoux et en tira une lettre oblongue ; les plis avaient été scellés d'un cachet armorié dont les fragments adhéraient encore au papier ; il la déplia avec précaution, ajouta son pince-nez et lut ce qui suit : Madame, j'ai l'obligation de vous annoncer que le marquis Bernard de Froideville, mon frère, vient de mourir à Paris, laissant toute sa fortune à l'État. Son testament ne contenant aucune disposition additionnelle, je vous préviens que la pension que vous faisait parvenir *votre mari* cessera naturellement de vous être servie, à dater du jour de son décès.

Recevez mes salutations, « Duc de Froideville. » Paris, ce 10 avril 1841.

— Remarquez, monsieur, poursuivit-il, remarquez ces deux mots : « Votre mari », échappés à la plume de l'aîné des Froideville. A-t-il laissé tomber par mégarde cet aveu, ou a-t-il obéi à un sentiment de rancune contre son frère, qui le déshéritait d'une fortune si avidement convoitée? Je ne sais, mais il y a également quelque chose de miraculeux dans l'insertion de cette reconnaissance indirecte, au beau milieu d'une sèche et froide lettre d'affaires. La mort du marquis et la suppression de la pension donnaient aux choses une nouvelle tournure et la marquise n'avait plus de raison pour garder le silence. Je l'engageai vivement à sortir d'une situation fausse, préjudiciable à son honneur ainsi qu'aux intérêts de sa fille, et à protester contre les actes iniques du défunt. Elle y consentit. Nous consultâmes un avocat du pays qui fut de notre avis et l'instance commença.

Benoît Sombernon raconta par le menu à Jacques Marly les divers incidents de la première instance, dont le cours avait été ralenti par la maladie et la mort de la marquise de Froideville et dont l'issue n'avait pas été favorable pour les demandeurs. Faute d'avoir pu se procurer les témoignages nécessaires, ils avaient été déboutés de leurs prétentions par un jugement du tribunal civil. Leur avocat leur ayant conseillé d'aller en appel, ils s'étaient décidés à recommencer la procédure devant la cour ; mais tandis que Sombernon piochait très dur pour subvenir aux nouveaux frais d'appel, sa femme lui donnait une fille, Thérèse, et, après des couches laborieuses, tombait elle-même dangereusement malade. Se sentant mortellement atteinte, elle avait appelé Benoît Sombernon au chevet de son lit, et là, à côté de la barcelonnette de l'enfant nouveau-né, elle lui avait fait jurer de ne prendre ni repos, ni trêve, avant d'avoir vengé l'honneur de sa mère et rétabli Thérèse dans ses droits.

— Je le lui promis en l'embrassant, ajouta le bonhomme très ému, et la chère créature mourut plus doucement, dans l'espérance que notre enfant rencontrerait dans la vie moins de misères que sa mère et son aïeule.

Sombernon s'interrompit pour se moucher bruyamment. Pendant ce temps, Jacques regardait la jeune fille. Son charmant profil s'était sensiblement penché vers le crochet qu'elle maniait dans ses doigts, et un oblique rayon de soleil faisait scintiller des larmes dans ses yeux mouillés. Il se sentit remué à son tour par l'émotion discrète du père et de la fille. Un silence profond emplit un moment la pièce où planait la mémoire de la morte. Thérèse secoua la tête, et les larmes, qui tremblaient au bout de ses cils, tombèrent sur ses doigts. Elle se leva, alla embrasser son père, puis silencieusement se remit au travail. Alors Benoît Sombernon, après s'être éclairci la voix, reprit son récit :

— Ce n'est pas tout de promettre, monsieur ; il faut pouvoir tenir sa parole, et pour le quart d'heure nous en étions fort empêchés. Il fallait payer les frais de la dernière maladie de ma pauvre femme, élever l'enfant et joindre les deux bouts. Ce n'était pas une mince besogne! Cependant, l'affaire traînait en longueur ; le Domaine, qui avait à cœur de garder les deux millions de Bernard de Froideville, mettait des bâtons dans les roues et élevait incidents sur incidents. Pour lors, je résolus de ne plus exposer aucun frais avant d'avoir rassemblé toutes les preuves écrites, tous les témoignages nécessaires pour frapper en une seule fois un grand coup. Ça n'a pas été tout seul, il nous a fallu des années, et bien des pas et démarches, sans compter l'argent. Mais tout de même nous sommes arrivés à nos fins, à force de patience et aussi grâce à l'initiative et à l'intelligence de la courageuse fille que vous voyez là, devant vous!

— Tais-toi donc, papa! s'écria Thérèse avec vivacité, c'est toi qui as retrouvé l'extrait de l'acte de baptême aux Yvelines, ainsi que la servante qui avait servi de marraine à ma mère et la sage-femme qui avait assisté à l'accouchement.

— Oui, repartit Sombernon, mais c'est toi qui as eu les meilleures idées et qui as dirigé toutes mes investigations. Enfin l'important est que nous avons réussi. J'ai là, continua le père en frappant sur la liasse de papiers, de quoi démontrer clairement aux tribunaux que Thérèse est la petite-fille et l'unique héritière du marquis de Froideville.

En même temps, il feuilletait et énumérait à mesure les pièces de son dossier : l'acte de mariage de la marquise, l'acte de naissance de Louise Lafauche, le certificat de baptême, les attestations écrites des témoins, enfin, le billet du duc de Froideville...

— Ce sont des preuves, cela! s'exclama-t-il triomphalement. Seulement, pendant que je me démenais pour les réunir, les années s'écoulaient. Une fois que Thérèse a été majeure, nous avons décidé tous deux qu'il fallait entamer une nouvelle instance afin de tenir la promesse jurée à ma femme. D'un commun accord nous avons vendu les terres, j'ai résigné mon emploi et nous sommes venus à Paris. Maintenant, monsieur, vous connaissez l'affaire à fond. Qu'en pensez-vous?

— Je pense, répondit-il, que votre affaire est très bonne. Les droits de Mlle Sombernon me semblent indiscutables. Sa mère est née pendant le mariage des époux Froideville et le marquis ne l'a pas désavouée. De plus, l'article 323 du Code Napoléon prévoit votre cas. A défaut de titre et de possession d'état, la preuve de la filiation peut se faire par témoins, pourvu qu'il y ait un commencement de preuve par écrit. Néanmoins, les choses n'iront pas toutes seules; il faudra reprendre l'instance, déplacer des témoins, payer un avoué et un avocat. Cela entraînera de gros frais.

— Je le sais, dit Sombernon devenu rêveur; aussi, aurais-je préféré que le Domaine, convaincu de nos droits, nous aplanit toutes les difficultés en consentant à ne pas entraver la marche de l'affaire.

— Hum! répliqua Marly, l'Administration n'abandonne pas facilement les intérêts de l'État. Toutefois, vos droits sont tellement incontestables que, si l'affaire était convenablement présentée, le conseil d'administration prendrait peut-être une décision favorable... Dans tous les cas, je vais étudier soigneusement le dossier et, si je puis décider mon chef à partager mon opinion, il y a des chances pour que nous arrivions à la solution désirée.

— Alors, monsieur, vous consentez à servir notre cause? s'écria Thérèse, avec une cordiale expression de reconnaissance, dans ses yeux limpides.

Ce beau regard profond triompha des dernières hésitations de Jacques.

— Mademoiselle, reprit-il en lançant à Thérèse un regard enivré, je ne suis qu'un simple employé en sous-ordre, sans influence, mais je vous promets de mettre au service de votre cause tout ce que je possède de zèle et d'énergie.

— Merci, monsieur, murmura-t-elle, et, en même temps, avec vivacité, elle lui tendit la main.

Ils restèrent pendant quelque temps silencieux tous trois devant le jardin qui, peu à peu, s'enténébrait, tandis qu'une légère brume violette veloutait les tours de Saint-Sulpice et que les premières étoiles perlaient au fond du ciel d'un bleu verdi. Tout à coup, un roulement de tambours monta sous les marronniers et on entendit les gardiens crier de leur voix rude : On va fermer!

— Allons, soupira Jacques, en serrant encore une fois précipitamment les mains du père et de la fille, il faut que je me sauve. Ayez bon espoir! Demain, je dépouillerai le dossier Froideville, je l'étudierai à fond et j'en conférerai avec mon chef. Dès que j'aurai du nouveau, je monterai vous le dire.

V

Onze heures. L'heure des audiences et le moment où les antichambres de chaque direction générale s'emplissent de visiteurs. A chaque instant, du fond des couloirs, on entend des tintements de sonnettes : sonnerie impérieuse et brève du directeur général, sonnerie prolongée et agaçante du sous-directeur, sonnerie plus réservée du simple chef. A chaque instant aussi, le corridor est traversé par le pas précipité des employés qu'on appelle chez un supérieur, ou par les pas traînants et appesantis des garçons de bureau qui vont transmettre un ordre pressé.

Insensible à ce remue-ménage des couloirs, Jacques Marly, assis au fond de son cabinet, s'enfonce dans la lecture du dossier Froideville. Il est arrivé à la direction générale dès neuf heures et demie, à la grande stupéfaction de Massabiou, et il s'est immédiatement attelé au dépouillement du volumineux dossier. Il lit une à une chaque pièce et l'analyse sommairement sur une large feuille de papier tellière. Il est si absorbé par cette besogne, qu'il ne songe même plus que midi vient de sonner à l'horloge du ministère, et qu'on doit s'étonner de son absence, chez Lafontan. Vers midi et demi, il est brusquement surpris au milieu de son travail par Massabiou, qui vient de la part de « ces messieurs » savoir pourquoi il leur fait faux bond.

— Dites à ces messieurs, répond-il sans lever la tête, que je les prie de m'excuser, mais que je suis empêché. J'ai là un travail pressé que je ne puis suspendre.

En entendant cette réponse, Massabiou secoue

irrévérencieusement les épaules, et ses lèvres épaisses laissent échapper un sourire de compassion.

— Vous êtes jeune, monsieur Marly, réplique-t-il avec un redoublement d'accent marseillais, vous êtes bien jeune! Quand vous serez, comme moi, depuis vingt-cinq ans ici, vous saurez qu'il n'y a pas de besogne pressée, et qu'on a beau s'échiner et se retourner les ongles, on n'avance pas plus vite pour ça. Voyez donc Lafontan! (Massabiou a pour principe de ne donner du monsieur qu'aux sous-directeurs.) Il en prend tout à la douce, lui; il ne se décarcasse pas! A onze heures il n'est pas encore arrivé, et à quatre heures il est déjà parti. Est-ce que ça l'a empêché de devenir sous-chef?

— C'est possible, Massabiou, riposte Jacques, utilisant cet entr'acte pour faire causer le Marseillais, dont les réflexions philosophiques l'amusent toujours. Vous savez aussi bien que moi que la situation de M. Lafontan est exceptionnelle. Mais il y a ici des employés auxquels le zèle n'a pas nui. Tenez, M. Couturier, par exemple, voilà un travailleur qui ne boude pas sur la besogne.

Le rire impertinent de Massabiou lui fend maintenant la bouche jusqu'aux oreilles :

— Couturier? repart-il avec dédain, laissez-moi donc tranquille! un *cul de plomb*, je ne dis pas, mais un travailleur? Non, vous me faites rire! Je le connais, moi, depuis dix ans que je vide sa corbeille aux vieux papiers! Tenez, ajoute-t-il en tirant à lui la corbeille de Jacques, je fouille dans son panier et j'y trouve un projet de rapport: « Monsieur le ministre, j'ai l'honneur... » et c'est tout; puis un autre brouillon : « Monsieur le ministre, j'ai l'honneur de vous informer... » deux ratures, et aux vieux papiers; puis un troisième : « Monsieur le ministre, j'ai eu l'honneur, par ma lettre du... » encore des ratures et ça en reste là... Voilà du temps et du papier perdus!... Et vous appelez ça un homme qui a le travail facile? Un *cul de plomb*, oui je lui rends justice... Ah! si vous me parliez de Perceval, c'est possible, celui-là a une belle plume, et encore, entre nous, monsieur Marly, c'est un gaillard qui s'entend surtout à faire piocher les autres. Il passe son temps à crier dans les corridors: « Vous préparerez un rapport au ministre, où vous mettrez ça, ça et ça! » afin que les jeunes gens se disent : « Quel homme que ce Perceval, toujours sur la brèche! » et quand le rapport est rédigé, il change quatre mots, remplace deux virgules et le recopie de sa main, pour qu'on se figure qu'il a tout fait... Ça jette de la poussière aux yeux des innocents, mais les vieux singes comme moi ne s'y trompent pas, monsieur Marly! Allez! allez! conclut Massabiou en s'éloignant, prenez votre café avec ces messieurs... Donnez-vous du bon temps. Et si vous ne le faites pas, vous serez un *imbecillas!* »

Une fois le garçon de bureau parti, Jacques, afin de ne plus être dérangé, pousse le verrou, et se replonge de plus belle dans l'étude et l'analyse du dossier Froideville. Plus il avance dans son travail et plus la lumière se fait dans son esprit. Les choses se sont exactement passées comme le lui a conté Benoît Sombernon. D'abord une première instance terminée, du vivant de la marquise de Froideville, par un jugement qui déboute cette dame de sa demande; puis une instance en appel, commencée à la requête de Mme Sombernon, et compliquée de nombreux incidents; puis le silence des demandeurs, considéré par l'Administration comme un désistement tacite. Nulle part le dossier ne contient l'indication des commencements de preuve écrite et des témoignages réunis par les soins du père de Thérèse. Il est évident qu'aucune de ces pièces n'a été produite aux juges d'appel, ni mise sous les yeux de la direction générale... Le nouvel exploit et le nouveau mémoire de reprise d'instance en font seuls mention. Jacques s'applique à les résumer dans une note succincte et topique, rédigée en forme de précis et destinée à éclairer la religion de Couturier ou de Perceval, qui seuls sont compétents pour traiter l'affaire. Il compulse, annote et transcrit avec un entrain presque passionné.

Au moment où, tout fumant encore de sa besogne, il relit le précis du dossier, on secoue l'olive de sa porte, puis on frappe d'un doigt impatient. Il croit d'abord avoir affaire à quelque gêneur et ne bouge pas. Mais on frappe plus fort, d'une façon presque irritée, et en même temps une voix aigre lui crie à travers la serrure :

— Monsieur Marly, êtes-vous là? Ouvrez donc!

Il reconnaît la voix de fausset de son chef, M. Couturier, et s'empresse de tirer le verrou. La porte s'ouvre précipitamment et le chef de bureau pénètre dans le cabinet, la mine effarée et furibonde.

Couturier est un homme long, sec et bilieux, à la démarche souple et oblique. Il a des cheveux plats, très noirs, ainsi que les favoris; des lunettes bleues masquent ses yeux clignotants. Ses lèvres minces, en s'entr'ouvrant, laissent voir des dents jaunes et mal rangées. Vêtu de noir de la tête aux pieds, il a la tenue et l'extérieur d'un pion mâtiné d'un marguillier. C'est le type du bureaucrate méticuleux, grincheux et pusillanime. Cet homme maigre, à l'échine onduleuse et à la démarche couleuvrine, est, malgré sa laideur amère, possesseur d'une fort jolie femme. Les mauvaises langues prétendent même que la belle Mme Couturier, très adroite et très répandue dans le monde des ministères, n'a pas été étrangère à l'avancement rapide de son mari. Couturier, qui aurait dû moisir sous-chef, a, en effet, été promu au grade supérieur contre toute attente. Comme il n'y avait pas alors de vacance de chef, on a été jusqu'à créer pour lui une nouvelle place, en dédoublant le bureau de Perceval et en prenant les émoluments du nouveau chef sur le budget des sous-chefs. Aussi Lafontan, qui ne rate jamais une plaisanterie, s'est-il écrié en apprenant cette nomination inattendue.

— Sapristi! puisque c'est nous qui le payons, on aurait dû au moins nous en laisser choisir un plus beau!

— Je suis hors de moi! grommelle Couturier, dès que la porte est refermée.

— Qu'est-il donc arrivé, monsieur? demande Jacques, surpris de l'état d'exaspération de son chef.

— Hé! toujours la même chose! J'ai rencontré ce malotru de Deshorties. Je ne le cherchais pas; on doit me rendre cette justice que je ne fais rien pour le provoquer. Je l'évite, au contraire, dès que je l'aperçois, car sa vue me coupe l'appétit. Encore aujourd'hui, j'allais entrer chez vous en le voyant venir, mais je n'en ai pas eu le temps et ce grossier personnage a passé devant moi, non seulement sans me saluer, mais en me marchant sur les pieds et en m'envoyant au nez la fumée de sa pipe. Je n'ai rien dit. J'aurais eu trop à dire! Mais il y a un terme à tout; je me plaindrai à M. le directeur général! car enfin ce polisson est mon subordonné et il me doit le respect. Mais demandez donc de la déférence à un pilier d'estaminet, qui n'a ni éducation, ni moralité, ni sentiment de la discipline! Est-ce ma faute si son caractère hargneux et ses mauvaises manières ont empêché le ministre de le nommer chef? Je ne peux le rencontrer dans un couloir ou dans un cabinet sans qu'il me toise insolemment. C'est intolérable, intolérable! Aussi, s'écrie-t-il en tournant sa mauvaise humeur contre Marly, quelle idée avez-vous de cadenasser votre porte? Pourquoi vous enfermez-vous dans votre cabinet?

— Je ne voulais pas être dérangé, répond Jacques, j'étudiais une grosse affaire, dont je voulais précisément vous entretenir.

— Une affaire! reprend Couturier en fronçant le sourcil, qu'est-ce que cette *grosse* affaire que je ne connais pas?

Couturier, en principe, n'aime pas les grosses affaires. Il a la réputation d'être fort ingénieux pour les enterrer. Aussi Lafontan, lui trouvant une comique ressemblance avec certain coléoptère noir, qui joue le rôle de croque-mort dans le monde des insectes, l'a-t-il surnommé le *nécrophore des instances*.

— Comment se fait-il, ajoute le chef avec aigreur, que vous instruisiez une nouvelle affaire, sans que le dossier ait au préalable passé par mes mains?

— L'affaire n'est pas nouvelle, réplique Jacques en rougissant; elle est née dans la section de M. Lafontan, et comme je suis chargé d'une partie de la besogne de cette section, c'est à moi qu'on a remis, avec le dossier, l'exploit de reprise d'instance signifié par les parties.

— Enfin, de quoi s'agit-il? s'exclame impatiemment M. Couturier.

— De l'instance Froideville, monsieur.

— L'instance Froideville? Vous voulez rire! se récrie le chef qui est au courant de la fameuse plaisanterie inventée par Lafontan; c'est une affaire à laquelle nous avons tordu le cou pendant que j'étais encore sous-chef. Elle est morte, monsieur, morte et enterrée!

— Il paraît, insinua Jacques avec un sourire un peu malicieux, qu'elle était mal enterrée, car elle ressuscite. J'ai reçu, il y a huit jours, la visite du demandeur, et voici la copie du mémoire signifié. J'ajouterai même que cette affaire nous est recommandée par un sénateur.

— Une recommandation banale! dit Couturier en haussant les épaules, nous savons ce que ça vaut. D'ailleurs je me souviens parfaitement de cette instance Froideville. Une histoire de chantage. Ça n'est pas sérieux!

— Je crois, au contraire, que c'est très sérieux, riposte Jacques avec vivacité; j'ai dépouillé le dossier, j'ai lu le mémoire et j'ai rédigé là-dessus une note pour le bureau des Instances. Si vous voulez prendre la peine de la lire...

En même temps il présente à Couturier la large feuille de papier tellière, toute couverte d'écriture.

— Grand merci! répond dédaigneusement son chef, en rejetant la note sur le bureau, je n'aime pas perdre mon temps.

— Mais je vous demande pardon, monsieur. Il s'agit de graves intérêts engagés, d'une succession de deux millions indûment appréhendée par l'Etat, au préjudice des héritiers légitimes...

— Indûment? interrompt sévèrement Couturier, dont les lunettes soubresautent; qu'en savez-vous, monsieur?

— J'ai dit « indûment » parce que le legs fait à l'Etat par le testateur ne pouvait avoir son plein effet, dans le cas de l'existence d'héritiers directs et que cette existence me paraît démontrée.

— Vous paraît? vous paraît? Et vous vous imaginez que l'Etat va lâcher une aussi grosse somme sur une simple supposition?

— Je le crois. L'Etat ne peut retenir une succession qui ne lui appartient pas en entier. J'estime même que l'Administration devrait aller au-devant des justes réclamations des demandeurs. C'est une question d'équité.

— D'équité? Ah! vous en êtes encore là! Sachez, monsieur, que nous ne devons pas nous préoccuper d'équité, mais uniquement du droit, strict... *Dura lex, sed lex*... Nous ne sommes pas ici pour faire du sentiment, jeune homme, mais pour sauvegarder les intérêts du Trésor.

Jacques écoute avec un commencement d'indignation cette théorie commode, exposée froidement par un agent trop soucieux de sa tranquillité, et qui, par paresse, se dispose à étouffer une affaire aussi importante. Il frémit en songeant que les intérêts de Thérèse Sombernon dépendent pour le moment du bon vouloir d'un employé borné et entêté, de l'espèce de Couturier. Il se creuse la tête pour trouver un moyen de gagner son chef à son opinion.

— Ainsi, monsieur, dit-il, en regardant Couturier dans le blanc des yeux, vous prenez sous votre responsabilité ce déni de justice? Vous refusez d'examiner l'affaire?

Couturier est un esprit craintif et prudent; il aime avant tout à mettre sa responsabilité à couvert.

— Je ne refuse rien, monsieur, réplique-t-il d'un ton rogue, je sais en quoi consiste mon devoir et je ne laisse à personne le soin de me tracer ma ligne de conduite. Donnez-moi ce dossier. J'étudierai l'affaire et, s'il y a lieu, je trouverai, moi, un biais pour en débarrasser l'Administration.

Et sans laisser à Jacques le temps de chercher une échappatoire, il réunit les pièces, rajuste la courroie du dossier, l'emporte sous son bras, et disparaît en serpentant dans l'entrebâillement de la porte.

— Je suis un sot! songe Jacques, absolument déconfit, un triple sot! Maintenant qu'il a le dossier, il va l'enterrer dans un coin et nous n'en entendrons plus parler. Heureusement j'ai conservé ma note! Je vais la montrer à Deshorties et tâcher de le mettre dans nos intérêts.

VI

Le lendemain, un peu avant onze heures, Jacques Marly pénétrait dans le cabinet de Deshorties, situé à l'autre extrémité du couloir. Il trouva le sous-chef en bras de chemise et en train de s'éponger. Il demeurait rue Nollet et venait toujours au ministère à pied, pour faire tomber un commencement de ventre. Or, la matinée étant tiède et ensoleillée, Deshorties avait eu chaud.

— Entrez, Marly, entrez! cria-t-il au rédacteur qui hésitait; je viens seulement d'arriver. Vous me direz que ça n'est pas l'heure réglementaire, mais je m'en moque. S'ils ne sont pas contents, ils n'ont qu'à parler, ma démission est prête, là, dans mon tiroir!

Il passa son veston de travail et, au moment de s'asseoir dans son fauteuil, il lâcha un juron en apercevant un volumineux dossier posé sur son pupitre.

— Mille trompettes! qu'est-ce que c'est encore que ça? C'est ce poseur de Perceval qui me renvoie l'affaire des chats!

Il feuilleta le dossier : Avec une annotation naturellement! « Revoir *avec soin* ». Grossier personnage! avec soin? Cela signifie alors que je ne l'ai pas étudié, dès la première fois? Voilà, mon cher, un échantillon des procédés de Perceval. Ha! ha! On y joint une note de môsieu Couturier. Nous allons rire!

Il prit la note entre le pouce et l'index et l'agita devant les yeux de Jacques Marly.

— Tenez, continua-t-il, voulez-vous avoir une idée de l'ineptie de votre chef? Ecoutez l'histoire des chats : Il y a une vieille fille qui est morte, à Tours, sans héritiers légitimes et qui a laissé son patrimoine à l'Etat. C'est un tort! Moi qui suis célibataire et qui n'ai que des cousins au dixième degré, j'aimerais mieux léguer mon bien à des drôlesses que d'en faire cadeau au gouvernement. Cette vieille fille avait cependant eu une dernière attention pour ses deux chats et, par une disposition spéciale, elle leur avait légué une pension *viagère* de mille francs, payable entre les mains d'une ancienne domestique chargée de loger, entretenir et soigner les deux animaux. L'Etat, étant devenu héritier, se trouvait naturellement tenu d'exécuter ce legs. Qu'auriez-vous fait, vous, homme de bon sens, payé par le gouvernement pour administrer les deniers publics? Vous vous seriez arrangé à l'amiable avec la servante, vous lui auriez donné une somme de... une fois payée, mettons deux mille francs, à charge par elle de nourrir les chats jusqu'à leur belle mort, et vous ne vous seriez plus inquiété de cette niaiserie?

— Cela me paraît, en effet, assez pratique, répondit Jacques.

— A moi aussi, et c'est ce que j'avais proposé, mais c'était trop simple, et nous avons ici des gens très forts quand il s'agit de couper les cheveux en quatre. Couturier a eu des scrupules. Les scrupules de Couturier! s'écria Deshorties avec une ironie amère et en haussant les épaules. Il s'est demandé si c'était régulier et si les intentions de la testatrice seraient ainsi littéralement exécutées, et voici de quelle idée de génie il a accouché. Écoutez cette prose : « Dès lors « que l'Etat est héritier, il est tenu des charges « intégrales de la succession; il doit donc servir la pension instituée en faveur des chats, « jusqu'au décès du survivant de ces mammifères... (*Mammifères*! ça y est.) Toutefois, « comme il importe au Trésor de prévenir, de la « part de la personne préposée à l'entretien des « pensionnaires, des substitutions d'animaux « qui pourraient éterniser la charge imposée à « l'héritier principal, ne conviendrait-il pas de

« prier le tribunal de commettre un vétérinaire « à l'effet d'examiner les deux chats dont s'agit, « de les décrire dans un procès-verbal détaillé, « et, en outre, de les visiter deux fois par an « afin de rendre impossible toute supercherie?

— Est-ce assez trouvé, s'exclama Deshorties, en s'interrompant, et ne se croirait-on pas revenu au temps de Perrin Dandin.

Ordonné qu'il sera fait rapport à la cour
Du foin que peut manger une poule en un jour!...

— Voyez-vous quelle idée ingénieuse et économique? Les chats sont en ce moment âgés de trois ou quatre ans; or il est prouvé qu'un chat vit jusqu'à quatorze ans; l'Etat aura donc probablement à servir la pension pendant dix ans; total : dix mille francs! tandis qu'en suivant ma méthode il en était quitte pour deux mille francs. Mais la fooorme! On a préféré adopter les propositions de cet oison de Couturier. Et ce n'est pas tout; voici le bouquet :

« Ne serait-il pas expédient, insinue le pru-« dent et sagace Couturier, de s'assurer dès « maintenant de l'identité desdits chats, soit en « les revêtant d'un collier de couleur fermant à « clef, soit en les marquant sur le dos au « moyen d'une tonsure spéciale, pratiquée pé-« riodiquement par le vétérinaire délégué? »

Et Perceval, — Perceval qui est intelligent, lui, — m'invite à examiner ces âneries dans un rapport circonstancié! Voilà déjà six mois que dure cette histoire des chats, six mois que je perds mon temps là-dessus, et nous en avons encore pour des années si on adopte le système de notre chef! Non, moi, j'en ai assez, voyez-vous; ces gens-là sont trop bêtes, décidément! A la première observation, je leur flanquerai ma démission... et le reste!

Il bourrait sa pipe, l'allumait avec soin et en tirait de rageuses bouffées.

— Parlons d'autre chose, reprit-il en donnant un coup de poing sur le dossier des chats; quand je pense à toutes ces sottises, ça me noircit l'humeur et ma digestion s'en ressent. Comment ne vous a-t-on point vu hier chez Lafontan?

— J'ai été retenu chez moi, répondit Jacques, qui saisit la balle au bond. J'étudiais une affaire qui m'intéresse vivement.

— Vous vous intéressez aux affaires, vous! ricana Deshorties en retirant sa pipe de ses lèvres, excusez! Et quel était cet oiseau rare? ce phénix des dossiers?

— L'affaire Froideville.

— L'affaire Froideville! Alors, phénix est bien le mot, car elle renaît de ses cendres... Ainsi elle existe encore?

— J'ai eu la visite de l'une des parties.

— Et ça vous intéresse? Allons, bravo! vous savez, moi, je m'en fiche!

— Tant pis! répliqua Jacques, car je me proposais de vous recommander le dossier.

— A moi?

— Oui. Oh! ne haussez pas les épaules; quand vous connaîtrez tous les détails, vous serez empoigné comme je l'ai été. Écoutez, c'est passionnant comme un roman.

Et sans laisser à Deshorties le temps de souffler, Jacques lui conta avec feu l'histoire de la marquise de Froideville, ainsi que les luttes de Sombernon. Le sous-chef prêtait l'oreille froidement, tout en rallumant sa pipe et en en tirant d'épaisses bouffées.

— Mon cher camarade, répondit-il, quand Jacques eut terminé, elle est très jolie, votre histoire! On croirait lire un feuilleton du *Petit Journal*, mais qu'est-ce que ça peut bien nous faire, à nous qui ne sommes pas de la famille? N'avons-nous pas déjà assez d'ennuis avec les affaires qui nous arrivent naturellement, sans en ressusciter encore d'autres par amour de l'art? Ah! si vous vous mettez sur le dos toutes les instances qui vous paraîtront intéressantes, vous n'êtes pas au bout de vos peines, sans compter que vous vous ferez prendre en grippe par les petits camarades, qui vous accuseront de gâter le métier. Quant à moi, pas si bête, il y a longtemps que j'ai renoncé à jouer les Don Quichotte!

Il heurta méthodiquement le fourneau de sa pipe contre la table, afin d'en expulser la cendre, puis passa un fil de fer dans le tuyau, souffla dedans et enferma ensuite religieusement son calumet dans un étui. Pendant ce temps, Jacques Marly, la figure allongée, adossé à la tablette de la cheminée, restait pensif et décontenancé.

Ainsi ils lui répétaient tous le même refrain : Massabiou, Couturier, Deshorties. Partout la même indifférence égoïste pour ce qui ne touchait pas directement à l'intérêt personnel! Et c'était contre cette impassibilité obstinée, contre cette muraille de granit que Sombernon et sa fille allaient se briser? Jacques commençait à sentir sa propre impuissance, et il en était navré, en songeant aux promesses enthousiastes dont il avait quasi leurré Thérèse Sombernon. Tout à coup une idée à la Machiavel lui traversa le cerveau, et relevant la tête.

— Vous me répondez absolument comme M. Couturier, dit-il d'un air résigné.

— Hein? grogna Deshorties, ne m'assimilez pas, je vous prie, à ce triple sot!

— Dieu m'en garde, mon cher ami! Je constate seulement que Couturier s'est servi hier des mêmes arguments que vous pour étrangler l'affaire.

— Ah! répéta avec vivacité Deshorties, il veut étrangler l'affaire?

— Oui, j'ai eu beau essayer de lui démontrer que la demande des Sombernon était fondée, qu'ils auraient gain de cause devant les tribunaux et qu'il était de bonne politique de prévenir un procès en transigeant, il m'a répondu que nous n'étions pas ici pour faire du sentiment et qu'il ne voulait plus entendre parler de cette instance.

— Couturier est un âne! s'écria le sous-chef emporté par sa rancune et changeant brusquement de manière de voir, du moment où il s'agissait de vexer son ennemi personnel. Un âne b té, poursuivit-il en se dressant sur la pointe de ses bottes et en retombant en mesure sur ses talons, — avez-vous encore le dossier, Marly?

— Non, repartit Jacques en tirant de sa poche la note qu'il avait rédigée, mais j'ai de quoi y suppléer. Voici une note qui contient l'historique de l'affaire.

— Bon, laissez-la-moi; je vais la lire, puis j'irai trouver Perceval. Comme il fait fonctions de sous-directeur en l'absence de M. Pécoul, il peut réclamer le dossier et reprendre l'instruction personnellement. Je vais mettre les fers au feu, puisque vous y tenez. Moi, ça m'est égal, mais je ne suis pas fâché de prouver à mon chef que son collègue Couturier n'est qu'un imbécile. Ah! à propos, cette affaire n'est-elle pas recommandée par quelque gros bonnet?...

— Oui, le général Jametz s'y intéresse.

— Un sénateur! Parfait! Eh bien, mon brave, comptez sur moi! Je vais endoctriner Perceval. Tout à l'heure, chez Lafontan, au *café*, j'espère que j'aurai une bonne nouvelle à vous annoncer.

Un quart d'heure après, Deshorties avait lu la note, et pris d'une activité dont il n'était pas coutumier, mais que réchauffait sa rancune, il alla frapper discrètement à la porte de son chef, M. Perceval. On ne répondit pas. Perceval posait pour l'homme qui est écrasé de travail et qui n'a même pas le temps de dire : « Entrez! » Deshorties connaissait tous les travers du personnage; il ouvrit la porte sans façon et fit quelques pas dans le cabinet de son chef, — une vaste pièce, haute de plafond, meublée avec un certain confort et affectant déjà des airs d'un cabinet de sous-directeur.

Assis devant un bureau à la Tronchin, Perceval écrivait, courbé entre deux piles de dossiers. Il ne releva la tête qu'une bonne minute après l'arrivée de son sous-chef, bien qu'il l'eût fort bien vu entrer :

— Ah! c'est vous, Deshorties! s'écria-t-il en passant sur son front et sur ses tempes un mouchoir blanc jeté près de son pupitre; entrez, mon ami, entrez! Permettez-moi seulement d'achever un bout de rapport au ministre, que M. le directeur général me demande pour le conseil de ce soir.

Il se remit à écrire fiévreusement, tandis que Deshorties, debout, le traitait de « poseur » en son par-dedans et l'envoyait au diable. Cela dura encore trois longues minutes; après quoi, Perceval, avec un beau geste, secoua le cordon de sa sonnette. Le garçon de bureau, Chantemerle, un grand bel homme, ancien cent-garde, apparut dans l'embrasure de la porte.

— Chantemerle, dit Perceval d'une voix vibrante, portez ce dossier au secrétaire de M. le directeur général et annoncez-lui ma visite pour une heure. Nous avons à conférer ensemble avant le conseil.

Le superbe garçon de bureau salua et disparut.

— Et maintenant, mon ami, continua Perceval en daignant se retourner à demi vers Deshorties, je suis à vous. Seulement, contez-moi vite ce qui vous amène, car je suis très pressé. Le ministre nous accable de demandes de renseignements et je préside une commission qui fonctionne ce soir.

M. Perceval avait une voix cuivrée et passablement emphatique. Ses paroles, tout en ayant l'air de s'adresser à l'interlocuteur, semblaient toujours lancées par-dessus sa tête et destinées à être entendues par les voisins.

— A propos, reprit-il, sans attendre la réponse de Deshorties, je vous ai renvoyé l'affaire des chats. Ça ne va pas, mon ami, ça n'est pas ça... pas ça du tout! Je ne peux pas prendre sur moi de viser votre rapport. Il y a là une question juridique où notre responsabilité pourrait être gravement engagée. Enfin, relisez les pièces, revoyez vos conclusions, mûrissez tout cela, et revenez en conférer avec moi.

Perceval s'était déjà levé pour congéder majestueusement son sous-chef, quand celui-ci lui fit signe qu'il avait encore quelque chose à lui communiquer.

— Pardon, monsieur Perceval, commença-t-il, j'étais venu pour vous entretenir d'une affaire assez importante, qui est du ressort de notre bureau et dont nous nous sommes dessaisis à tort, à mon avis, pour l'abandonner au bureau de M. Couturier.

— De quoi s'agit-il? demanda Perceval avec un haut-le-corps.

— De l'affaire Froideville. Elle revient sur l'eau.

— L'affaire Froideville? répéta Perceval en avançant dédaigneusement ses lèvres soigneusement rasées, oui, je me rappelle. Les parties elles-mêmes s'étaient désistées. Il faut laisser tomber ça; l'État n'a aucun intérêt à reprendre l'initiative.

— Pourtant!

— Non, mon ami, je suis au courant. Couturier m'en a parlé.

— M. Couturier, répliqua Deshorties en soulignant le nom de son ennemi avec un parfait mépris, M. Couturier vous a-t-il dit aussi que le général Jametz s'intéresse à cette affaire?

— Le sénateur Jametz! s'exclama Perceval en dressant l'oreille.

— Lui-même. *Mossieu* Couturier a peut-être omis également de vous apprendre que le mémoire des parties est très fortement motivé. Voici un précis des nouvelles phases dans lesquelles l'affaire est entrée, et je crois que l'Administration a intérêt à l'examiner sérieusement.

— Voyons, voyons! reprit Perceval.

Il s'était emparé vivement de la note que lui présentait Deshorties, et, se rasseyant dans son fauteuil, la tête renversée, il lisait avec attention le précis rédigé par Jacques Marly. Le nom du sénateur Jametz, jeté négligemment par le sous-chef, avait eu le don de modifier brusquement l'opinion de l'ambitieux chef des Instances. Au fond, Perceval n'avait qu'une pensée dominante : arriver à remplacer le sous-directeur Pécoul. Aussi cherchait-il, avant tout, à se créer dans le monde politique des protecteurs in uents qui pussent pousser vigoureusement à la roue, quand le moment serait venu.

— En effet, dit-il après avoir terminé sa lecture, le demandeur fait valoir des arguments topiques, qui méritent un nouvel examen.

— C'est ce que j'ai pensé, repartit adroitement Deshorties, et, si notre bureau négligeait cet examen, le général Jametz serait homme à s'adresser à M le directeur général par l'intermédiaire de M. Dubrac.

Ainsi que Deshorties l'avait prévu, le nom de Dubrac, concurrent de Perceval à la future vacance sous-directoriale, était de nature à mettre le feu sous le ventre du chef des Instances. Il tressauta dans son fauteuil.

— Vous avez raison, Deshorties, l'affaire est importante et mon bureau ne doit pas s'en dessaisir.

— D'autant plus, insinua le sous-chef, que l'Administration aurait le beau rôle en reconnaissant le bien-fondé de la demande, et en montrant qu'elle met toujours la question d'équité au-dessus de la question de fiscalité, quand les droits des demandeurs sont évidents. Cela ne manquerait pas de faire une bonne impression sur l'esprit du Sénat, où le général Jametz jouit d'une légitime influence.

— Certainement, nous devons nous montrer équitables, déclama Perceval en se levant et en se remettant à pontifier; l'intérêt public doit ici dominer l'intérêt du Trésor. Et vous dites, Deshorties, que le dossier est entre les mains de M. Couturier?

— Oui, monsieur, j'ajouterai même que M. Couturier a déclaré qu'à son avis, il n'y avait pas lieu de revenir sur les décisions antérieures.

— Couturier est imbu de fiscalité. Entre nous, mon ami, c'est un homme qui se noie dans son crachat. Redemandez-lui le dossier de ma part et chargez de cette affaire un correspondant actif et intelligent!

— On pourrait, hasarda Deshorties, confier le dossier à M. Marly.

— Soit. Donnez-lui le dossier et priez-le de venir en conférer avec moi à une heure précise.

Et là-dessus, avec un geste solennel, Perceval congédia le sous-chef, qui se précipita, triomphant, dans le cabinet de Lafontan, où se trouvaient déjà Dubrac et Marly.

— La cause est gagnée, cria-t-il à Jacques, c'est vous qui traiterez l'affaire Froideville!

— Ah! ça, s'exclama Lafontan, il y a donc réellement une affaire Froideville?

— Oui, répondit Jacques, une affaire superbe, pleine d'incidents dramatiques.

En même temps il raconta toute l'histoire à ses amis.

— Mais c'est d'un intérêt puissant, s'écria Dubrac enthousiasmé; cette jeune fille qui lutte pour venger l'honneur de sa grand'mère et pour rentrer dans ses droits, est tout à fait touchante!

— C'est, ma foi, très romanesque, ajouta Lafontan en s'échauffant à son tour. Il y aurait là une jolie chronique à écrire pour mon journal.

— Eh bien, écrivez-la, riposta Jacques, vous aurez un succès et, de plus, vous ferez une bonne action!

Il fut convenu, séance tenante, que Lafontan, qui signait d'un pseudonyme, rédigerait un flambant article de tête sur l'affaire Froideville,

— Maintenant, reprit Deshorties, il n'y a pas de temps à perdre. Il faut reprendre le dossier à votre chef. Venez avec moi, vous allez voir la tête du sieur Couturier!

Ils se rendirent ensemble chez le chef des Deshérences. A l'aspect de Deshorties, Couturier se leva de dessus son fauteuil, comme s'il eût été poussé par un ressort. Il s'imagina que son ennemi venait le provoquer jusque dans son cabinet et devint d'une pâleur verd tre :

— Monsieur? murmura-t-il d'une voix étranglée.

— Monsieur, remettez-vous, commença Deshorties qui jubilait, je viens chez vous pour affaire de service, uniquement. Croyez bien que, sans cette raison, vous ne me verriez pas dans votre bureau. Je me respecte trop! M. Perceval vous prie de remettre le dossier Froideville à M. Marly, avec lequel il désire en conférer avant le conseil.

— Je... je n'ai qu'à m'incliner devant le désir de M. Perceval, balbutia Couturier, heureux d'en être quitte pour la peur. Voici le dossier, poursuivit-il en soulevant l'énorme liasse dans ses mains tremblantes.

— Prenez-le, Marly! grogna l'implacable Deshorties, et portez-le à mon chef. M. Perceval est déjà au courant; il n'entend pas, *lui*, qu'on enterre les affaires!

Puis il passa devant le flageolant Couturier, sans même daigner le regarder, et sortit, suivi de Jacques.

— Avez-vous vu sa tête? dit-il tout haut, quand ils furent dans le couloir; quel plat monsieur, hein! et comme on aurait du plaisir à le gi er. Il ne perd rien pour attendre, et quand j aurai manqué ma démission! Maintenant, courez vite chez le chef et battez le fer pendant qu'il est chaud!

Marly, annoncé par Chantemerle. trouva Perceval debout devant sa cheminée, la main passée dans le revers de sa redingote noire et se donnant une pose napoléonienne.

— Monsieur Marly, commença-t-il en pontifiant, je vous confie ce dossier. C'est une affaire importante et je compte que vous l'examinerez avec soin. Ne vous laissez pas arrêter par des questions d'intérêt bursal. Bien que nous soyons les défenseurs de la fortune de l'Etat, nous devons avant tout nous préoccuper d'être justes. Si l'Administration a eu tort, il sera d'un bon exemple et d'un effet salutaire de le reconnaître spontanément et d'aller au-devant des réclamations de la partie adverse. Pénétrez-vous de ces principes supérieurs et préparez-moi une note circonstanciée que je soumettrai demain à M. le directeur général. Il m'est revenu, monsieur, que vous vous livriez à des occupations étrangères au service. Vous faites de la peinture, je crois? Mon Dieu, j'aime les arts moi-même, et je ne m'oppose pas à ce que mes agents s'occupent de jeux d'esprit à leurs moments de loisir. Mais il ne faut pas que cette distraction accessoire nuise au bien de l'État. J'espère, en vous confiant cette affaire majeure, que vous tiendrez à nous prouver que vous savez aussi bien travailler aux choses sérieuses qu'aux choses de pur agrément. Maintenant, allez, et faites-nous de bonne besogne!

Le soir même, Jacques courut chez Sombernon et grimpa avec impétuosité jusqu'au cinquième. Encore tout essoufflé, il conta à Mlle Thérèse, qu'il trouva seule, le résultat de ses démarches.

— Mademoiselle, dit-il en terminant, l'affaire prend une bonne tournure. Je suis chargé de la traiter et vous pouvez compter sur moi. Je vais combattre pour moi, et, je vous le promets, je combattrai de tout mon cœur.

Thérèse Sombernon rougissait et ses yeux bruns étincelaient.

— Ah! monsieur, s'écria-t-elle, je voudrais que mon père fût là pour vous entendre! Si vous réussissez, nous vous devrons plus que notre fortune, vous nous aurez puissamment aidé à remplir un devoir sacré. Comment pourrons-nous jamais reconnaître ce que vous faites pour nous? Vous, un étranger?

— En ne me traitant pas comme un étranger, mais comme un ami, répondit Jacques, tandis qu'il tendait la main à la jeune fille.

Thérèse prit cette main que le jeune rédacteur lui tendait avec un brusque mouvement de sympathie, et la serra avec effusion.

Ils restèrent un moment ainsi, les mains serrées, puis Thérèse rougit de nouveau et retira lentement la sienne.

— Au revoir, mademoiselle Thérèse, murmura Marly, dites à M. Sombernon d'avoir bon espoir. Au revoir, je me sauve. Je vais travailler pour vous!

VII

Firmin Perceval, chef de 1re classe aux Instances, était l'enfant naturel, non reconnu, d'un magistrat ayant occupé une très brillante position sous le gouvernement des Bourbons. Tout en n'avouant pas sa paternité, ce haut fonctionnaire n'avait jamais perdu de vue l'enfant né de ses œuvres. Il l'avait fait élever à Louis-le-Grand, lui avait servi une pension pendant la durée de ses études de droit, et, sitôt le jeune homme reçu docteur, l'avait fait entrer au ministère. Malgré cet appui, Perceval n'en avait pas moins eu une adolescence très dure. Ce hâtif et cruel apprentissage de la vie eut cela de salutaire, qu'il donna au jeune souffre-douleur une précoce expérience des hommes et un féroce désir de prendre sa revanche plus tard. Son père naturel étant mort peu de temps après son entrée au ministère, Firmin Perceval n'avait plus à compter que sur lui-même, mais il était débrouillard et il se chargea très vite de justifier le dicton populaire qui prétend que les bâtards ont toujours de la chance.

Il joignait à l'esprit retors d'un procureur l'art de flatter les hommes et de se servir d'eux, comme d'autant de points d'appui pour grimper au mât de cocagne administratif. Il connaissait à fond toutes les roueries de la diplomatie bureaucratique et en jouait avec une *maestria* remarquable. Poussant la déférence jusqu'à l'obséquiosité avec ses supérieurs, très boutonné mais très aimable à la surface avec ses égaux, il traitait ses subalternes comme des nègres. Il avança très vite, et, comme il passait pour très fort dans sa spécialité, il eut cette chance inespérée de monter rapidement en grade sans trop faire crier les gens par-dessus lesquels il enjambait.

Chef de bureau et décoré à trente-cinq ans, il avait songé à prendre femme et s'était préoccupé de se marier richement. Le difficile était de trouver une famille qui, tout en ayant de la fortune, passât sur la tache originelle que révélait l'acte de naissance du nouveau chef. Il épousa une fille fort laide, qui lui apporta trois cent mille francs comptant et de belles espérances. A la vérité, on prétendait que le chef de la famille dans laquelle il entrait s'était enrichi en prêtant sur gages; mais ce beau-père discutable vivait enfoui au fond de quelque obscure banlieue. Perceval ne le montrait jamais; on finit par oublier cette vieille histoire pour ne voir que le confortable et luxeux appartement de Mme Perceval, qui recevait tous les samedis soirs et où, deux fois par an, on donnait un dîner de chefs auquel étaient conviés les trois sous-directeurs.

Si, au moral, Firmin Perceval n'était pas précisément une belle âme, du moins, au physique, il était ce qu'on est convenu d'appeler un bel homme. Assez grand, bien râblé, large d'épaules, il portait haut la tète, bombait la poitrine et ne perdait pas un pouce de sa taille. Ses cheveux bruns, encore épais sur les tempes, se dégarnissaient légèrement sur le sommet du crâne; mais ce commencement de calvitie accentuait avantageusement l'air digne et sérieux de cette figure oblongue, aux lèvres rasées, aux favoris en côtelettes à la façon des magistrats. Sa position aux Instances le mettant constamment en rapport avec les tribunaux, il se figurait volontiers qu'il appartenait un peu au monde du barreau et de la magistrature; il en prenait la pose pleine de morgue, le débit solennel et grandiloquent, le jargon juridique. Il pontifiait partout et toujours, en causant avec ses camarades, en se promenant, en mangeant. Lafontan prétendait même qu'il pontifiait en rendant ses devoirs à la maigre et laide Mme Perceval.

En ce moment il posait pour Dubrac, son collègue et son rival, qui était venu lui soumettre un projet de circulaire. Le pétulant et enthousiaste chef du personnel y allait, lui, bon jeu bon argent; il se laissait naïvement rouler par Perceval, sans se douter que son camarade, en le faisant causer, n'avait d'autre but que de lui tirer insidieusement les vers du nez. De la circulaire la conversation, était tombée sur des sujets plus intimes, et le nom du sous-directeur Pécoul vint tout à coup, comme par hasard, sur les lèvres de Perceval.

— Comment va-t-il? demanda affectueusement Dubrac.

— Mal, répondit Perceval, je suis allé le voir dimanche dernier et je l'ai trouvé bien bas. L'affection du cœur progresse rapidement et les jambes commencent à enfler. Le travail l'a tué. Sa division est une galère. J'en sais quelque chose, moi qui fais l'intérim depuis que Pécoul est en congé. Tenez, ajouta-t-il en montrant à Dubrac une pile de paperasses qui montait depuis le tapis jusqu'au niveau de la table, voici ce que m'a apporté le courrier d'aujourd'hui, et c'est un des jours où il est le moins chargé.

— Vraiment? s'écria Dubrac en contemplant avec effroi les papiers que Perceval amoncelait autour de lui avec une remarquable habileté de metteur en scène.

— Oui, mon cher... Vous en jugerez du reste par vous-même avant peu, car, selon toute vraisemblance, c'est vous qui hériterez de la place de ce pauvre Pécoul.

— Oh! répondit modestement Dubrac, rien n'est moins sûr. On m'a fait, il est vrai, des promesses, mais j'ai des concurrents. Vous, entre autres, mon cher camarade.

— Moi! se récria mélancoliquement Perceval en affectant un air désabusé, détrompez-vous, mon ami. Je suis dégoûté de la carrière administrative, je la trouve ingrate, sans issue, pleine de déboires, et, entre nous, je suis tenté de l'abandonner...

— Allons donc! s'exclama naïvement Dubrac, vous, Perceval, qui êtes un de nos meilleurs légistes, vous songeriez à nous quitter?

— Oh! c'est encore un projet en l'air et vous m'obligeriez de n'en parler à personne. La vérité est que l'on m'offre, dans une compagnie industrielle, un poste de directeur avec des appointements magnifiques, et que j'ai grande envie de l'accepter. Ainsi, mon cher, rassurez-vous, ce n'est pas moi qui vous mettrai des bâtons dans les roues et vous pouvez dormir sur les deux oreilles.

Dubrac était devenu plus épanoui, et, tout en prenant une attitude de condoléance, il avait beaucoup de peine à dissimuler sa satisfaction.

— Mon cher camarade, reprit-il avec effusion en serrant les mains de Perceval, ce que vous m'apprenez là me confond et je n'ai pas besoin de vous dire combien vous serez regretté... Mais je vous suis profondément reconnaissant de la confiance que vous me témoignez. Du moment où je ne vous ai plus pour compétiteur, cela me met à l'aise. Je vais faire des démarches et aller de l'avant.

— Mon Dieu, répliqua l'autre froidement, à votre place, je ne bougerais même pas. Cela ira tout seul.

— Vous croyez? hasarda ingénument Dubrac.

— J'en suis certain. Vous n'avez pas de concurrents sérieux et votre candidature est de celles qui s'imposent.

Tandis que Dubrac buvait comme du miel les paroles rassurantes de Perceval, la porte du cabinet s'entr'ouvrait et par l'entre-bâillement apparaissait une figure de joli garçon, dont l'expression prudente et obséquieuse contrastait avec l'air de jeunesse du nouvel arrivant.

— Mille pardons, murmura le visiteur, je vous croyais seul, monsieur Perceval! et il fit signe de battre en retraite.

— Entrez donc, monsieur de La Fresnais! s'exclama Perceval d'un ton de bonne humeur, vous ne nous dérangez pas, je causais avec votre chef.

Désiré de La Fresnais était un jeune rédacteur, protégé de Perceval qui l'avait fait attacher au bureau du personnel, afin d'avoir un homme à lui dans la place, et d'être ainsi tenu au courant des moindres gestes de Dubrac. Ce grand garçon à la barbe soyeuse, aux yeux caressants, à la voix douce, avait une tenue irréprochable et une politesse exquise. Très intelligent et très enveloppant avec ses manières câlines, il était dévoré d'ambition, et d'autant plus dangereux, qu'il cachait son désir de parvenir à tout prix, sous des allures doucereuses de jeune Eliacin. Son affabilité apparente et sa modestie cérémonieuse ne réussissaient du reste que près des naïfs de l'espèce de Dubrac. Les employés plus expérimentés, plus observateurs et doués d'un peu de flair, se défiaient de lui et le tenaient à distance. On le soupçonnait d'espionnage et Lafontan l'avait surnommé la *Vipère blanche*, à cause des opinions légitimistes dont ce jeune homme faisait parade.

— Je voulais vous parler d'une affaire urgente, dit La Fresnais, après avoir salué très bas son chef, mais si vous êtes occupé?

— Non, non, protesta Dubrac, j'ai fini et je vous laisse. Au revoir, Perceval, et merci encore! »

Et tout sautillant, plus jeune, plus impétueux que jamais, il s'en alla comme il était entré, en coup de vent.

— M. Dubrac, insinua La Fresnais quand la porte se fut refermée, est toujours bouillant. La perspective d'être appelé à devenir sous-directeur lui a donné une seconde jeunesse.

— Est-ce qu'on parle sérieusement de la mise à la retraite de M. Pécoul? demanda Perceval de l'air d'un homme qui n'est au courant de rien.

— Oui, il paraît que c'est imminent. On ajoute que mon chef serait proposé pour la sous-direction par le directeur général, et qu'en outre il aurait une promesse formelle du secrétariat. Mais ce ne sont que des bruits de couloir.

— Quoi qu'il arrive, s'écria Perceval en commençant à pontifier, je dois, en toute justice et la main sur la conscience, déclarer qu'aucun choix ne sera mieux justifié que celui de M. Dubrac! Esprit élevé, sagace, doué d'une facilité de travail peu commune, votre chef est un de ces agents qui honorent l'administration française. Ses qualités sont peut-être plus brillantes que pratiques; la promptitude de son imagination nuit parfois à la maturité de son travail, mais c'est une remarquable intelligence, et, comme je le lui disais tout à l'heure encore, sa candidature est de celles qui s'imposent.

Debout, les yeux baissés, M. de La Fresnais, écoutait le discours de Perceval avec une apparente déférence, mais, tandis que le chef aux instances poursuivait son hypocrite panégyrique, La Fresnais se creusait la tête pour découvrir le motif de cette manœuvre oratoire. Il finit par s'apercevoir que ce retors de Perceval n'exagérait l'éloge de Dubrac que pour arracher des objections contradictoires à son interlocuteur et l'amener à rabaisser le mérite du chef du personnel, en exaltant les qualités bien supérieures et les aptitudes bien autrement remarquables dont il était doué, lui, Firmin Perceval, le vrai, le seul candidat possible au fauteuil de sous-directeur.

— M. Dubrac, continuait le chef, en enflant sa voix, est non seulement un agent distingué, mais il a un esprit orné et poétique; c'est dans toute l'acception du mot un homme du monde et un galant homme.

— Trop galant même, si l'on en croit la chronique, interrompit La Fresnais, qui, ayant enfin sondé le fond de la pensée de Perceval, se mettait en mesure de lui donner la réplique, trop galant!

— Qu'entendez-vous par là, monsieur de La Fresnais? demanda le chef, en s'arrêtant court au milieu de ses phrases laudatives.

— J'entends, reprit La Fresnais, que M. Dubrac a la réputation d'être un conteur de fleurettes... Il est constamment fourré dans les jupes des dames ou des demoiselles... Vous ne connaissez pas l'histoire de sa pupille?

— Vous savez, répliqua Perceval d'un ton rogue, que je ne m'occupe jamais de ces potins de corridor. Qu'est-ce que cette histoire?

— M. Dubrac a la marotte de se mêler de l'éducation des jeunes filles, et il étourdit ses camarades de la grâce, de l'esprit et de l'ingénuité de ses élèves. La dernière, une orpheline dont il avait été nommé subrogé-tuteur, était une jolie personne de dix-huit ans, blonde aux yeux noirs, très piquante. Dubrac en était très enthousiaste, il ne la quittait pas d'une semelle, et, non content de lui enseigner les belles-lettres, il était très tendre avec cette nouvelle Héloïse; tant, qu'à la fin cela devint suspect à la mère, qui parla mariage et mit l'entreprenant subrogé-tuteur en demeure d'épouser sa pupille. Tout le monde, après avoir reçu les confidences enthousiastes de Dubrac, s'imaginait qu'il allait dire oui, attendu que la jeune fille était non seulement jolie, mais pourvue d'une dot assez coquette. Au premier mot faisant allusion aux justes noces, notre homme prit la mouche, s'éclipsa, et il court encore. Ce qu'il y a de curieux, ajouta La Fresnais avec un malicieux sourire, c'est que chaque fois qu'on a mis cet incandescent Dubrac au pied du mur il s'est toujours dérobé de la sorte. Sa galanterie est purement platonique.

— Ho! ho! Vous croyez? demanda Perceval, que les histoires de femmes alléchaient toujours.

— Oui, on prétend... Comment vous dirai-je cela? fit La Fresnais en baissant pudiquement les yeux, on prétend que son feu s'éteint précisément au moment où on s'attendrait à le voir flamber...

Ils en étaient là de cette causerie peu administrative, quand Chantemerle, le garçon de bureau, ouvrit la porte et remit une carte à Perceval.

— M. le comte d'Entrevernes, dit-il, demande

à être reçu par monsieur le chef des Instances.

— Le comte d'Entrevernes! s'écria celui-ci, en reprenant son air solennel et en congédiant La Fresnais du geste: pardon, mon cher, mais les affaires avant tout. Faites entrer, Chantemerle! »

VIII

Le comte d'Entrevernes, que Chantemerle introduisait dans le cabinet de Perceval, tandis que La Fresnais, humblement aplati contre la double porte, s'y évanouissait comme dans un truc de féerie, était un homme mûr, frisant la soixantaine, petit, sec, nerveux, très distingué de tournure, et de mise irréprochable; sous son pardessus de nuance claire, on apercevait, à la boutonnière de sa redingote noire serrée à la taille, une minuscule rosette de la Légion d'honneur. Il avait été brun, mais ses cheveux commençaient à grisonner et à s'éclaircir; il portait la moustache effilée du bout et l'impériale, toutes deux légèrement noircies par une habile teinture. Ses yeux étaient clairs, perçants, fureteurs; son nez mince et légèrement recourbé: sa bouche petite et pincée. Il avait les manières d'un gentilhomme bien élevé, très polies, avec une pointe d'indifférence dédaigneuse. Rallié à l'Empire après le coup d'État, il était fort bien en cour et venait d'être nommé secrétaire des commandements de l'Impératrice.

Perceval, qui le connaissait de nom et qui avait des attentions particulières pour les gens influents, lui avança un fauteuil et lui demanda de sa voix la plus onctueuse quelle affaire lui valait l'honneur de sa visite.

— Monsieur, commença le comte d'Entrevernes en jouant avec le cordon de son monocle, j'ai lu dans un journal du matin un entrefilet relatif à une certaine affaire Froideville : cette feuille, après avoir donné un historique de l'affaire, annonce comme imminente la reprise de l'instance engagée avec l'État. Je sais le peu de foi qu'on doit accorder aux bavardages des journalistes, néanmoins j'ai cru convenable de venir m'enquérir près de vous de l'origine de cette rumeur.

Perceval jugea à propos de reprendre sa gravité de chef de service. Il se mit dans l'attitude solennelle d'un homme qui a à traiter d'un secret d'État et répondit d'un ton d'oracle ;

— Si les journaux ont parlé, monsieur le comte, ce ne peut être que par suite d'une indiscrétion blâmable. L'Administration est seule juge de l'opportunité d'une reprise d'instance; elle s'occupe peu des journaux et elle ne les prend pas pour confidents. Ici, nous sommes comme les prêtres et les médecins, tenus au secret professionnel. Ne vous formalisez donc pas, monsieur le comte, si je vous demande avant tout à quel titre vous vous intéressez à cette affaire, car en matière de service, il ne m'appartient pas, à moi, simple chef, de divulguer les intentions de M. le directeur général, pour satisfaire la curiosité d'une personne étrangère.

Le comte, pendant ce temps, fixait un regard fin et légèrement impertinent sur son verbeux interlocuteur.

— Pardon, monsieur, répliqua-t-il, je ne suis pas « un étranger », mais bien une des parties en cause. J'ai épousé la nièce du marquis de Froideville, celle qui fût devenue son unique héritière, si, par une fantaisie que je ne me permettrai pas de qualifier, le marquis n'eût légué toute sa fortune à l'État. Je n'ignore pas que le sort des instances dépend de la haute initiative de votre directeur général, mais je me suis adressé à vous, monsieur, parce que je sais que vous avez sa confiance et qu'il s'en rapporte avant tout à votre expérience consommée et à vos lumières.

Après avoir très bien débité ce petit boniment, le comte s'enfonça dans son fauteuil, croisa ses jambes et toussa en étudiant l'effet qu'avait produit sa harangue. Il avait touché le vaniteux chef des Instances au bon endroit. Visiblement flatté d'apprendre que le bruit de son mérite était venu jusqu'aux oreilles d'un des hauts fonctionnairess de la maison de l'Impératrice, Perceval souriait avec une aimable modestie et se décidait à quitter ses façons *boutonnées*.

— Excusez-moi, monsieur le comte, je ne savais pas que vous fussiez allié aux Froideville. Devant votre qualité d'ayant cause, la réserve que je m'imposais n'a plus de raison d'être, et je puis vous dire qu'effectivement l'instance Froideville va être reprise. Le conseil l'a décidé dernièrement, mû par un sentiment d'équité...

— D'équité? interrompit vivement le comte, je proteste. Ce sera une iniquité et de plus une faute politique!

— Monsieur le comte, répliqua Perceval redevenu solennel, je ne vous comprends pas...

— Je vais m'expliquer, monsieur. Nous vivons à une époque sans foi, sans respect pour l'autorité; tous les jours des feuilles animées du plus mauvais esprit s'attaquent audacieusement à la religion, à la famille, au gouvernement établi; l'aristocratie française est tournée en ridicule, la démagogie nous envahit, nous sommes en plein péril social, et c'est ce moment de crise que vous choisissez pour jeter le nom d'une de nos plus vieilles familles en pâture à la malsaine curiosité du public? Je dis qu'il y a là, de la part de l'Administration, une grave imprudence et une grosse maladresse. J'ajoute que ce zèle maladroit se comprend d'autant moins que la bonne foi de votre directeur général a été surprise, et qu'il s'agit tout simplement d'une question de chantage!

— Monsieur le comte, s'écria Perceval de plus en plus grave et majestueux, je comprends votre légitime émotion, mais je crois qu'elle vous emporte un peu loin. J'ai lu avec attention toutes les pièces du dossier, et je puis vous affirmer que la demanderesse, Mlle Sombernon, est bien la petite-fille du marquis de Froideville; sa mère est née pendant le mariage, le marquis ne l'a pas désavouée, loin de là, il a assisté à son baptême et a pourvu à son entretien. Il n'y a pas de tribunal qui ne reconnaisse cette possession d'état, et l'Administration, à mon avis, ferait au contraire un acte de mauvaise politique en ne s'inclinant pas la première devant des présomptions graves, précises et concordantes.

En entendant cette argumentation juridique, le comte d'Entrevernes parut fort empêché. Il ne croyait pas la partie adverse en possession de pièces aussi probantes, et il demeura un moment bouche bée, les sourcils froncés et le regard méditatif.

— Hum! reprit-il, et ces présomptions, dont vous parlez, résultent des pièces produites au dossier?

— Parfaitement.

— Et dans l'état des choses, vous comptez proposer au ministre de renoncer au legs fait par le marquis de Froideville?

— Non, pas précisément, mais de restituer à l'héritière légitime la portion dont le testateur ne pouvait légalement disposer; c'est-à-dire la moitié des biens du marquis. Et, à ce propos, monsieur le comte, permettez-moi une question. N'y voyez pas une indiscrète curiosité, mais la preuve de l'attention impartiale que je veux apporter à l'étude de cette affaire Quel intérêt avez-vous à vous opposer à cet acte de justice, puisque, dans tous les cas, l'Etat étant légataire, vous ne pourriez appréhender l'héritage du marquis?

— D'abord, monsieur, il y a pour nous un intérêt moral à empêcher une instance scandaleuse, puis... il y a aussi un intérêt d'argent.

— Je ne vois pas...

— C'est que vous ne connaissez pas tous les détails... Le marquis de Froideville avait deux frères : mon beau-père, qui était le plus jeune, et un frère aîné, Bernard de Froideville, qui est décédé célibataire, laissant une fortune considérable à sa nièce, ma femme. S'il est prouvé qu'il existe une descendante légitime du marquis, cette descendante hérite naturellement de la moitié de la fortune dévolue à Mme d'Entrevernes. Vous voyez donc qu'il y a de gros intérêts en jeu, et notre famille, monsieur, vous serait particulièrement reconnaissante si vous pouviez lui aider à arrêter cette malheureuse affaire. Elle serait prête, même, à vous prouver dès aujourd'hui sa gratitude.

— Pas un mot de plus, monsieur le comte!

Perceval, rouge comme un coq et superbe de pudeur offensée, s'était levé, la tête rejetée en arrière, la poitrine bombée, la main passée dans le revers de sa redingote. Il se voyait déjà l'objet d'une tentative de corruption et trouvait beau de se montrer dans la noble pose d'un fonctionnaire intègre et impeccable.

Monsieur, continua-t-il de sa voix de trompette, j'appartiens à une administration qui met au premier rang des vertus de ses agents la probité et le désintéressement. Nous ne connaissons qu'une maxime, celle de l'ancien droit : « Vivre honnêtement, ne léser personne et attribuer à chacun ce qui lui est dû. » Depuis le plus humble subalterne jusqu'au fonctionnaire le plus haut placé dans l'échelle hiérarchique, chacun, ici, s'honore d'avoir les mains pures.. Nous rendons des décisions et non pas des services... et nous n'acceptons d'autre salaire que celui de l'Etat...

— Hé! monsieur, s'exclama un peu ironiquement le comte, qui vous parle de salaire? Vous me faites injure. J'ai une trop haute opinion de votre honorabilité pour qu'une inconvenance pareille ait germé dans mon cerveau. Je suis fonctionnaire moi-même, j'ai l'honneur chaque jour de voir Sa Majesté l'Impératrice, et si quelqu'un, fût-il mon meilleur ami, venait me prier de le servir de mon influence moyennant salaire, je regarderais sa proposition comme un outrage et je le corrigerais vertement. Mais, entre un service payé et un service rendu pour le plaisir d'obliger, il y a de la marge, et il m'est arrivé plus d'une fois de solliciter avec succès, pour mes amis, l'auguste appui de Sa Majesté! Elle me veut du bien et refuse rarement d'accueillir mes requêtes. Mais, pardon, revenons à la question. Tout ce que je voulais vous dire, c'est qu'il vous appartient d'étouffer dans l'œuf la malencontreuse réclamation des Sombernon, et je venais, à la bonne franquette, vous demander si, légalement et sans nuire au bien de l'Etat, vous pouvez arrêter l'affaire!

La digression du comte, au sujet de la faveur dont il jouissait près de l'Impératrice, n'était pas tombée dans l'oreille d'un sourd. Perceval ne se dissimulait pas qu'il aurait tout intérêt à être agréable à un personnage aussi influent. Ah! si seulement cette visite s'était produite un mois auparavant, comme il se serait hâté d'envoyer promener Deshorties et de replonger l'affaire Froideville dans les limbes! Décidément, Couturier avait eu du nez et il n'était pas si sot qu'il en avait l'air. Mais il ne pouvait plus se déjuger, lui, Perceval. Il avait été de l'avant, le conseil en avait délibéré, les journaux s'en étaient mêlés. Il n'y avait plus moyen d'enterrer le dossier sans risquer de se compromettre. Et puis, on pouvait être relancé par le sénateur Jametz, et ce diable d'homme était capable de s'adresser à Dubrac! De quelque côté qu'il se tournât, Perceval voyait surgir un péril, au cas où il chercherait à étrangler l'affaire qu'il avait si maladroitement ressuscitée. Cependant il lui en coûtait de désobliger un solliciteur de l'espèce de M. d'Entrevernes et d'écarter ainsi de son jeu un gros atout qui serait grandement utile, lorsque s'engagerait entre lui et Dubrac la partie décisive dont le fauteuil de sous-directeur était l'enjeu. A la fin, il lui vint une idée qui lui parut lumineuse, et, lâchant son nez majestueux, il releva la tête :

— Mon Dieu, monsieur le comte, dit-il à M. d'Entrevernes, je serais enchanté de vous être agréable dans la mesure de mes forces, mais ma bonne volonté est paralysée par mes devoirs de fonctionnaire. Je ne suis plus maître de retenir le dossier dans mon cabinet. Toutefois, je puis vous donner un conseil.

— Je vous écoute, monsieur, fit le comte en tendant l'oreille.

— Monsieur le comte, j'ai quelque expérience des hommes et des choses, et, dans le cours de ma carrière administrative, j'ai toujours remarqué que lorsqu'on voulait avoir raison d'un obstacle, il fallait l'attaquer non pas en face, mais de biais, autant que possible. Dans une affaire, il y a toujours le côté juridique et le côté humain; si l'affaire est bonne, on perd son temps à vouloir batailler juridiquement; reste le côté humain.

— Tout cela est très philosophique, interrompit le comte, mais je ne vois pas bien quel rapport cela peut avoir avec la question.

— Voici, reprit Perceval; au point de vue légal, l'instance Froideville est une excellente affaire pour M. Sombernon et sa fille, et si elle est plaidée, ils obtiendront gain de cause. Mais vous connaissez le proverbe : De la coupe aux lèvres, il y a plus loin qu'on ne le pense, et en s'y prenant adroitement, on peut briser la coupe avant que celui qui la tient puisse la porter à sa bouche. Mlle Sombernon est, je crois, sous la dépendance de son père Tous deux sont pauvres et encore peu fixés sur l'étendue de leurs droits. La procédure eoûte gros à Paris, la vie y est chère, et, depuis qu'ils sont arrivés du fond de leur province, ils ont dû forcément ébrécher leur petit capital. Pouvez-vous sacrifier une somme assez ronde pour arriver à vos fins?

— La succession de Bernard de Froideville, répondit le comte, se monte à deux millions cinq cent mille francs. J'en donnerais bien cent mille pour être débarrassé des Sombernon.

— Bien ; en ce cas, allez trouver le père Sombernon, tâchez de le circonvenir adroitement. Puis, offrez-lui en échange de son désistement, cinquante mille francs, sauf à doubler ou à tripler la somme, s'il le faut.

— Et s'il refuse?

— Je ne le crois pas; un campagnard qui n'a pas l'habitude de manier beaucoup d'argent, n'hésite pas devant cent ou cent cinquante mille francs de belles espèces sonnantes et trébuchantes. Il se dit qu'un bon *tiens* vaut mieux que deux *tu l'auras*, et il accepte. A votre place, j'irais jusqu'à deux cent mille.

— Hum! Et si pendant que je cherche à traiter avec mon homme, le tribunal rend un jugement favorable?

— Bon, les tribunaux ne vont pas si vite en besogne! D'ailleurs, combien vous faut-il pour convaincre Sombernon et arriver au désistement? Mettons un mois. Eh bien, monsieur le comte, voici ce que je puis faire pour vous, sans compromettre ma responsabilité : je puis vous laisser le temps de manœuvrer utilement.

Tandis que M. d'Entrevernes, en tortillant sa moustache, ruminait le conseil que venait de lui donner Perceval, celui-ci sonnait Chantemerle et lui ordonnait d'apporter le dossier Froideville.

Dix minutes après, Chantemerle reparaissait, plié sous le poids du dossier.

Perceval enleva une courroie, souleva la chemise jaune, et trempant sa plume dans l'encrier, inscrivit de sa grosse écriture, sur le rapport au ministre préparé par Jacques Marly : « Attendre! »

— Vous avez un mois pour agir, monsieur le comte, ajouta-t-il, profitez-en.

Le comte avait pris son chapean et s'était levé.

— Merci mille fois, monsieur, de votre utile concours, dit-il à Perceval en lui serrant la main, et merci surtout de la bonne grâce avec laquelle vous m'avez éclairé.

— J'aurais voulu mieux faire, monsieur le comte, répondit Perceval en s'inclinant, mais je suis obligé de me renfermer dans les limites que me trace mon devoir.

— Heureusement, monsieur, répliqua finement d'Entrevernes en prenant congé, que si votre devoir vous trace des limites, votre aimable obligeance sait les franchir. Je ne l'oublierai pas, croyez-le bien!

IX

Le comte d'Entrevernes, en quittant Perceval, résolut de mettre immédiatement les fers au feu. Le plus pressé était de se bien renseigner sur la situation des Sombernon; il fallait connaître leur genre de vie, leurs relations, leurs besoins et l'état de leurs finances, afin de choisir le moment opportun pour faire briller à leurs yeux l'appât d'une grosse somme d'argent et les amener, en douceur, à signer un désistement. Le comte s'aboucha avec le directeur d'un de ces établissements louches qui, sous le nom d'*Agence de renseignements dans l'intérêt des familles*, font le métier d'espionner le prochain moyennant salaire. Dès le lendemain, Benoît Sombernon, qui n'y entendait pas malice, fut filé à son insu par deux employés de cette honnête institution, et, huit jours après, le directeur de l'agence apportait à M. d'Entrevernes une note détaillée sur les faits et gestes du père et de la fille.

— Le nommé Benoît Sombernon, portait la note, est un homme très simple, d'un caractère timoré, ayant conservé toutes les habitudes de la province d'où il est récemment débarqué. Il vit très casanièrement avec sa fille, qui ne sort que pour vaquer aux soins du ménage ou pour suivre les cours d'une école de dessin. Ils n'ont aucune relation et ne reçoivent personne. Toutefois, depuis quelques semaines, ils sont visités, à des intervalles irréguliers, par un jeune homme d'une trentaine d'années, un M. Jacques Marly, artiste peintre et, en outre, employé dans un ministère. La situation pécuniaire des Sombernon ne paraît pas trop brillante. Ils n'auraient, dit-on, d'autres ressources qu'un mince capital leur provenant de la vente d'immeubles situés en province. Ils vivent uniquement là-dessus, et cela ne peut les mener bien loin; d'autant que le nommé Sombernon est venu à Paris pour suivre un procès, et qu'il a chargé de ses intérêts un sieur Malingrey, agent d'affaires. Ce Malingrey, fort habile homme, expert en l'art de griveler, a peu de conscience et beaucoup de vices; il ne fera qu'une bouchée du capital de ses clients. Ce qui paraît dès maintenant certain, c'est que les Sombernon sont gênés; on leur connaît déjà quelques dettes chez les fournisseurs du quartier.

La note de l'agence de renseignements était malheureusement exacte. En annonçant à Marly qu'il avait vendu son *terrage* de Marnay, et que cette vente avait produit vingt mille francs destinés à subvenir aux frais du procès, Benoît Sombernon s'était un peu avancé. La vente avait eu lieu en effet, mais les payements avaient été échelonnés de trois en trois mois; en outre, certains débiteurs se faisaient tirer l'oreille, et, au mois de juin, Sombernon n'avait encore réalisé que cinq mille francs sur le montant de l'aliénation. Or, ces cinq mille francs filaient avec une rapidité effrayante. Les billets de banque s'évanouissaient en fumée les uns après les autres. D'abord, il y avait les frais de déménagement et d'installation, puis le brave homme, assez ignorant et assez inexpérimenté, avait commis au début une insigne maladresse. Au lieu d'aller trouver directement un avoué, il s'était adressé à un de ces prétendus hommes de loi qu'on rencontre aux abords du Palais de Justice. Le « sieur Malingrey » était un ancien notaire de province, qui avait eu des démêlés avec le parquet et qu'on avait forcé de vendre son étude. Il s'était réfugié à Paris, y avait monté un cabinet d'affaires, et c'était entre ses mains que Sombernon avait eu le malheur de tomber. Malingrey, qui excellait dans l'art de drainer l'argent de ses clients, avait mené bon train les fonds provenant de la vente de Marnay. A chaque instant, il réclamait des avances. Sombernon voyait avec terreur le moment où il n'aurait plus un sou en caisse. Il n'osait avouer la difficulté de la situation à Thérèse; il se contentait d'écrire lettres sur lettres à ses débiteurs de Marnay, espérant toujours des rentrées, qui, hélas ! se faisaient cruellement attendre.

Dès que M. d'Entrevernes eut en poche la note de l'agence de renseignements, il jugea d'abord prudent de mettre dans ses intérêts le sieur Malingrey. Voulant frapper un grand coup, il le fit mander, non chez lui, mais dans son cabinet, aux Tuileries, et se montrant à l'agent véreux, dans tout le prestige de ses fonctions de secrétaire des commandements, il procéda adroitement par intimidation. Quand il vit Malingrey suffisamment ahuri et inquiet; quand il lui eut reproché en termes très vifs et très cassants de s'être mêlé « d'une honteuse affaire de chantage », il pensa que son homme était à point, démasqua ses batteries et s'écria qu'il était urgent d'en finir avec cette déplorable instance. Alors, sans avoir l'air d'y toucher, il insinua que la famille de Froideville se résignerait sans doute à des sacrifices d'argent pour étouffer le scandale, et finit par promettre à l'agent d'affaires une somme assez honnête, s'il parvenait à décider son client à accepter une transaction. Quand Malingrey, éberlué et tremblant pour sa position, sortit des Tuileries, il était complètement gagné à la cause de M d'Entrevernes.

Un matin, Benoît Sombernon, qui tenait la clef de la caisse et que sa fille avait surnommé plaisamment « le ministre des finances », fouilla le tiroir de la réserve pour payer un mémoire déjà envoyé deux fois, et s'aperçut que, lorsqu'il aurait soldé cette note, tout l'avoir de la maison serait représenté par trois pièces de vingt francs. Il fut si consterné de cette découverte qu'il poussa une exclamation douloureuse.

— Qu'y a-t-il, père? s'écria Thérèse, effrayée à son tour.

— Rien! rien! se hâta de murmurer Sombernon, j'ai failli me prendre le doigt dans la charnière du secrétaire. Voilà tout.

Il était inutile d'initier Thérèse à ces tracas d'argent. Benoît Sombernon en était devenu tout pâle et, craignant que sa fille ne devinât la cause de son trouble, il prit son chapeau et descendit dans le jardin du Luxembourg.

Une fois au grand air, il s'enfonça dans des réflexions qui n'étaient point couleur de rose . Avant quinze jours, il n'y aurait plus un sou à la maison. Et ces gens de Marnay qui ne répondaient pas! Jamais de la vie il ne s'était vu dans un si pressant embarras, et il fallait à tout prix en sortir. Mais comment? Par un emprunt, évidemment! Seulement, à qui emprunter? Il ne connaissait que deux personnes à Paris : Marly et Malingrey. Mais Jacques Marly, rédacteur à quatre mille francs, obligé de vendre des aquarelles pour nouer les deux bouts, n'avait rien d'un capitaliste. Restait Malingrey. Celui-ci semblait plus sérieux. Agent d'affaires, en rapport avec des commerçants et des banquiers, il était l'homme le plus propre à négocier un emprunt. Ayant pris en main l'instance Froideville, il devait, plus que tout autre, être intéressé à tirer d'embarras Benoît Sombernon.

Le bonhomme résolut donc d'aller le trouver sur-le-champ, dans son cabinet situé rue Saint-Denis, non loin des Halles. Tout en cheminant, il ruminait d'avance son entrée en matière. Il était novice au métier d'emprunteur et il ne songeait pas, sans un violent battement de cœur, à la façon dont il aborderait cette délicate question. Pour s'encourager, il se supposait, en imagination, déjà installé dans le cabinet de l'agent d'affaires; il se faisait à lui-même les demandes et les réponses, soulevait les objections et les réfutait. Après tout, il ne demandait rien d'exorbitant, on lui devait de l'argent à lui-même, et il déléguerait au prêteur de bonnes créances garanties par première hypothèque.

Devant de pareilles assurances, Malingrey ne pouvait se refuser à lui trouver de l'argent. Combien? Trois mille francs lui suffiraient pour attendre ses rentrées et le dénouement prochain, indubitablement heureux, de l'instance engagée. En passant devant les Halles, la vue des monceaux de légumes et les odeurs maraîchères qui se répandaient tout autour lui rappelèrent son village de Marnay, la petite maison et le potager attenant. Alors un découragement le prit et il se demanda s'il n'eût pas mieux fait de rester à la campagne avec Thérèse, au lieu de s'exiler dans ce dévorant Paris avec un gros et difficultueux procès sur les bras.

Enfin il atteignit le domicile de l'agent d'affaires. Malingrey logeait au quatrième, dans une maison à façade étroite, à escalier boueux, où les paliers exhalaient de nauséabondes senteurs, spéciales à chaque industrie et variant à chaque étage. Sur la porte du quatrième, s'étalait une plaque de cuivre avec cette inscription : « Malingrey, licencié en droit. — Contentieux et recouvrements. » Benoît Sombernon sonna et l'agent d'affaires vint lui-même lui ouvrir au coup de sonnette.

Malingrey était un homme de trente-cinq à quarante ans, qui cherchait à se donner des airs jeunes. Il se coiffait avec une raie au milieu de la tête, portait de petites moustaches noires qui tranchaient sur son teint blafard et fatigué, et il protégeait d'un pince-nez à verres bleus ses yeux gris, malsains, aux paupières enflammées. Vêtu dès le matin d'un complet de drap noir, qu'agrémentaient un col cassé, une cravate claire et une épingle de forme prétentieuse, il paraissait viser à une tenue de gentleman et n'arrivait, malgré ses efforts, qu'à une élégance de mauvais goût, qui le faisait ressembler à un agent des pompes funèbres. En voyant entrer, dans son cabinet, Benoît Sombernon, juste au moment où il comptait aller le relancer chez lui, une lueur de satisfaction alluma ses yeux gris sous les verres bleus du pince-nez.

— Eh bien, monsieur Sombernon, demanda-t-il d'un ton dégagé en désignant une chaise au visiteur, quoi de nouveau?

— Mais, répondit son client avec un pâle sourire, c'est à vous de m'en apprendre, du nouveau. Où en est notre affaire?

— Eh! dit l'autre en plissant ses lèvres et en prenant une mine peu satisfaite, Ça ne marche pas. Ça traîne! Vous vous étiez vanté d'avoir à l'Administration des appuis qui devaient vous donner un bon coup d'épaule près du ministre. Eh bien, j'y suis allé, moi, au ministère, et j'ai appris que l'affaire était accrochée dans les bureaux. Et, comme nous avons intérêt à ne nous présenter devant le tribunal qu'appuyés sur une décision administrative favorable, nous restons là, le bec dans l'eau.

La figure de Sombernon s'allongeait à mesure que Malingrey parlait.

— Nous jouons de malheur, murmura-t-il décontenancé, et, pendant ce temps, mes ressources s'épuisent. La vie coûte cher dans votre affreux Paris.

Puis, tout à coup, avec la précipitation d'un homme qui, après avoir longtemps hésité, se jette brusquement à l'eau, il ajouta :

— Et voilà justement pourquoi je suis venu vous voir ce matin. J'ai besoin d'argent. Pourriez-vous me mettre en rapport avec quelqu'un qui consentirait à me prêter un millier d'écus?

Une nouvelle lueur de satisfaction illumina les yeux de M. Malingrey : décidément le hasard faisait bien les choses! Il dissimula néanmoins et s'écria d'un ton ironique :

— Mille écus! Vous n'y allez pas de main morte, trois mille francs! Mon cher monsieur, j'en suis fâché pour vous, mais il me serait plus facile en ce moment de faire pousser des roses entre les pavés de la rue Saint-Denis! Moi qui vous parle, j'aurais besoin de cent écus que je ne les trouverais pas. Les transactions sont difficiles, l'argent est rare et les capitalistes tiennent serrés les cordons de leur bourse.

Malingrey, par-dessous ses verres bleus, étudiait la figure de son client. Elle exprimait une consternation profonde. Sombernon, comme tous les esprits pusillanimes, était prompt à se monter la tête et prompt à se décourager. Le voyant déconfit et silencieux, l'agent d'affaires continua d'un air bonhomme :

— Monsieur Sombernon, voulez-vous écouter un avis désintéressé, car ce n'est pas mon métier de détourner les gens de plaider. Eh bien, réfléchissez à une chose · un arrangement médiocre vaut encore mieux qu'un bon procès. En supposant que vous gagniez le vôtre, tous frais payés, vous ne retirerez peut-être pas de la succession les avantages que vous procurerait une transaction raisonnable. Quoique les héritiers Froideville soient très puissants, je crois qu'ils ne se soucient pas de prendre le public et les tribunaux pour confidents de leurs affaires de famille, Vous avez besoin d'argent, me disiez-vous? Ils sont peut-être disposés à vous en offrir, et beaucoup, si vous consentiez à un arrangement amiable. A votre place, moi, j'irais trouver leur représentant, le comte d'Entrevernes, et j'essayerais de m'entendre avec lui.

— Le comte d'Entrevernes! se récria le bonhomme avec des larmes dans les yeux, quoi! vous me conseillez de traiter avec nos ennemis, d'abandonner une instance d'où dépend notre honneur autant que notre intérêt?

— Je ne vous conseille rien, répliqua froidement Malingrey, je vous engage seulement à réfléchir. Avant tout, n'est-ce pas! il faut vivre, et si, au bout de six mois d'attente, vous êtes débouté de votre demande, avec dépens, c'est la misère noire! N'aurez-vous pas, alors, assumé une lourde responsabilité sur votre tête, en réduisant votre fille à la mendicité? Si j'étais de vous, moi, je verrais M. d'Entrevernes Qu'est-ce que vous risquez? la vue n'engage à rien, et vous seriez toujours libre de rejeter ses propositions. Voulez-vous que je vous conduise chez lui?

Malingrey manœuvra si bien qu'une demi-heure après, moitié de gré, moitié de force, il poussait son malheureux client dans une voiture et donnait au cocher l'adresse du comte d'Entrevernes.

Quand ils furent introduits dans le cabinet du secrétaire des commandements, Sombernon se trouva soumis encore à une plus rude épreuve. Le naïf et craintif campagnard n'était pas de taille à lutter avec un si redoutable adversaire. Le comte le reçut du haut de sa grandeur, et recourut d'abord à ses procédés d'intimidation :

— Comment, lui donna-t-il à entendre, un aussi chétif personnage avait-il eu l'audace de s'attaquer à la respectable famille des Froideville, et de chercher à ternir l'honneur du marquis? Si lui, comte d'Entrevernes, n'avait écouté que son juste ressentiment, il aurait immédiatement demandé à l'Empereur d'étouffer de pareilles calomnies en envoyant le calomniateur pourrir à Mazas! En n'usant pas de ce moyen coercitif, il avait été mû, uniquement, par un sentiment de pitié pour la fille de Sombernon. Pitié bien mal récompensée, puisque maintenant on ne reculait pas devant le scandale d'une action judiciaire! Enfin, poursuivit le comte, quand il eut vu Sombernon atterré et tremblant, les hostilités sont engagées et nous sommes décidés à nous défendre jusqu'au bout, sûrs de notre bon droit et certains de triompher devant les tribunaux. Toutefois, monsieur, avant de pousser les choses plus vigoureusement, et pour vous prouver l'esprit de mansuétude dont nous sommes animés, nous voulons bien essayer une dernière tentative de conciliation en vous offrant spontanément cet argent qui est l'objet de vos convoitises.

En même temps, avec un geste de grand seigneur, il ouvrait un tiroir de son bureau, en tirait des paquets de billets de banque et les alignait devant Sombernon abasourdi. Il y avait cent paquets de mille francs chacun.

— Tenez, monsieur, s'écria-t-il, prenez, prenez! Mais à une condition, c'est que vous renoncerez au bénéfice de l'instance que vous avez engagée. Nous pousserons même la condescendance jusqu'à ne pas exiger une rétractation en forme. Non, vous reconnaitrez purement et simplement que vous avez été désintéressé, et que vous entendez ne point vous prévaloir des décisions à intervenir, quelles qu'elles soient

Le comte d'Entrevernes parla longtemps. Il fut tantôt raide et menaçant, tantôt insinuant, mielleux et persuasif; il fit appel à la terreur, à la flatterie. Bref, le pauvre Benoît Sombernon, hésitant d'abord, ébloui ensuite, finit par faiblir. Cependant, au moment de céder, un dernier scrupule lui vint, et songeant avec effroi à Thérèse :

— Mais, monsieur, balbutia-t-il, je ne puis m'engager à rien. Ma fille est seule partie dans l'instance; elle est majeure et, seule, elle peut accepter ou refuser votre proposition.

— C'est différent, répliqua le comte en réintégrant les billets de banque dans son tiroir, qu'il referma bruyamment. En ce cas, c'est à vous de chapitrer votre fille et de lui démontrer qu'il est de votre intérêt à tous deux de transiger. Je vous donne vingt-quatre heures pour la convaincre. Si elle a du bon sens, elle n'hésitera pas une minute. J'en suis tellement persuadé que je vais faire préparer d'avance l'acte de transaction, Demain, dans l'après-midi, je serai chez vous avec les fonds. Et maintenant, messieurs, vous pouvez vous retirer!

Quand Benoit Sombernon se retrouva seul dans la rue, il avait l'esprit si en désordre, qu'il ressemblait à un homme ivre. Peu à peu cependant, il commença à se ravoir, et, à mesure qu'il reprenait possession de lui-même, il frissonnait au souvenir des résolutions qu'il s'était laissé arracher. Comment annoncer une pareille palinodie à Thérèse? Comment la décider à donner son consentement?

Une fois rue de Fleurus, il sentit ses angoisses redoubler à la vue de Thérèse, calme, active, courageuse et gaie. Il remit au soir la pénible confidence qu'il avait à faire; puis, quand vint la nuit, il se sentit lâche et se promit qu'il parlerait le lendemain. Cela vaudrait mieux; Thérèse saurait assez tôt le sacrifice qu'on exigeait d'elle.

Le lendemain matin, la jeune fille sembla d'elle-même aller au-devant du douloureux aveu qui tourmentait son père. Elle le questionna sur l'affaire Froideville · — Où en était l'instruction commencée dans les bureaux? Cela devait avancer? M. Sombernon ferait bien de pousser jusqu'au ministère et de tâcher de voir M. Jacques Marly.

C'était le cas de parler, et le bonhomme ouvrait déjà la bouche pour commencer sa confession, mais à l'aspect de sa fille si confiante et si pleine d'espoir, il manqua de courage et chercha encore un prétexte pour retarder le moment de l'explosion. Le nom de Jacques Marly venait de suggérer un nouveau moyen dilatoire à sa pusillanimité.

— Au fait, songea-t-il, pourquoi, avant de rien révéler à l'enfant, n'irais-je pas d'abord conter ce qui m'arrive à M. Marly? Il est de bon conseil, il me guidera et, s'il est d'avis que je doive transiger, je le prierai de venir m'aider à convaincre Thérèse.

— Fillette, dit-il, tu as raison... Il faut que j'aille relancer ce jeune rédacteur; il doit avoir du nouveau à m'apprendre. Je ne rentrerai pas pour déjeuner, mais je serai de retour, sans faute, à trois heures...

Et s'esquivant précipitamment. il courut au ministère.

X

Assise à sa fenêtre, Thérèse travaillait en laissant, par intervalles, ses yeux se reposer sur les cimes déjà roussies des marronniers du Luxembourg. Elle songeait à son petit village de Marnay, si paisiblement endormi au pied des coteaux pierreux du pays langrois; elle soupirait en calculant que les incidents de l'instance engagée contre les héritiers Froideville la retiendraient peut-être longtemps encore à Paris. Puis de l'affaire Froideville, son esprit s'envolait vers le ministère, dont Benoît Sombernon parcourait en ce moment les couloirs, et elle franchissait en imagination le seuil du bureau de Jacques Marly. Là, elle faisait mentalement une longue pause, y trouvant sans doute de plus substantiels aliments pour nourrir sa rêverie. Ce jeune homme, qu'un si singulier hasard avait brusquement associé à ses préoccupations les plus sérieuses, prenait insensiblement une place importante dans sa vie.

Tout en rêvant à Jacques Marly, elle regardait les marronniers flamber en plein soleil, les ardoises des toits du Luxembourg étinceler ruisselantes de lumière, les passants aller et venir dans les quinconces du jardin ; elle écoutait les cris de la rue, la chantante mélodie d'un orgue, là-bas, du côté de l'Odéon ; elle se disait qu'il faisait beau temps, que Jacques n'était pas venu rue de Fleurus depuis une longue semaine, et que Benoît Sombernon le ramènerait peut-être avec lui tout à l'heure. A cette dernière pensée, elle se sentait le cœur agité d'une plaisante émotion et elle tirait l'aiguille avec une précipitation nerveuse.

Au moment où elle était le plus engagée dans cette enveloppante songerie, on sonna tout à coup à la porte. Si c'était Jacques? Son cœur ne fit qu'un saut. Elle se leva, donna en passant devant la glace, un coup d'œil et un tour de main à sa coiffure, courut ouvrir et se trouva en face d'un étranger.

— M. Benoît Sombernon demeure bien ici? demanda le visiteur, en saluant la jeune fille.

— Oui, monsieur, mais il est absent, répondit-elle d'une voix brève.

— Alors, reprit son interlocuteur sans trop s'inquiéter du peu d'empressement qu'on mettait à l'accueillir, c'est à Mlle Sombernon que j'ai l'honneur de parler. M. votre père, mademoiselle, m'a donné rendez-vous chez lui, et, comme il ne peut tarder, je vous prierai de me permettre de l'attendre.

En même temps il traversait l'antichambre et se dirigeait vers la pièce dont la porte était restée ouverte. Thérèse, après l'avoir examiné rapidement, jugeant d'après sa tenue qu'elle avait affaire à un homme du monde, prenait le parti de l'introduire dans la chambre qui servait de salon, et lui offrit un siège sur lequel il s'assit avec la satisfaction d'un homme déjà mûr qui vient de grimper cinq étages.

— Mademoiselle, reprit-il en répondant à une muette interrogation des yeux de la jeune fille, je suis le comte d'Entrevernes.

A ce nom qu'elle savait appartenir à l'unique représentant des héritiers Froideville, à son adversaire dans l'instance engagée, Thérèse ne put réprimer un mouvement où il y avait autant d'effroi que de stupéfaction. Mais le comte n'en parut nullement choqué. Il s'attendait bien à ce que son apparition chez les Sombernon inspirerait une crainte respectueuse aux hôtes du logis; il comptait même sur cette impression pour achever de vaincre leurs dernières résistances. Il n'avait pas perdu de temps. Aussitôt après avoir congédié Benoît Sombernon, il avait couru chez son avoué et s'était concerté avec lui pour la préparation de l'acte de désintéressement. Cet acte, rédigé sur timbre et expédié en double, lui avait été remis le matin même, et, dans son impatience d'en finir, il s'était rendu rue de Fleurus un peu avant l'heure qu'il avait lui-même indiquée à Sombernon. Il ne semblait pas fâché, du reste, de l'absence du père, absence qui allait lui permettre d'agir d'abord directement sur l'esprit de la fille. Un vague instinct lui disait que les principales difficultés lui viendraient de ce côté, et il se disposait à user de toutes les finesses de sa diplomatie et de tout le prestige de sa haute situation aux Tuileries pour triompher des répugnances de la jeune fille.

— Mademoiselle, dit-il avec un aimable sourire de sa petite bouche pincée et mielleuse, M. votre père a dû vous instruire déjà du motif de ma visite?

— Moi, monsieur! Pas le moins du monde! se récria Thérèse avec un accent si expressif de dénégation et de profond étonnement, que M. d'Entrevernes ne put douter de la sincérité de son interlocutrice.

— Ah! murmura-t-il en fronçant les sourcils, c'est fâcheux!

En même temps, en son par-dedans, il songeait : « Il a peur d'elle... mes pressentiments ne me trompaient pas, et c'est avec cette petite fille qu'il va falloir jouer serré. »

— C'est fâcheux, reprit-il froidement, car je vais être obligé de vous répéter toutes les choses un peu dures parfois, que j'ai déjà dites à M. Sombernon, lorsqu'il est venu chez moi.

— Mon père est allé chez vous, monsieur! s'exclama Thérèse, cette fois avec une intonation qui indiquait un douloureux effarement.

— Et pourquoi pas, mademoiselle? répliqua M. d'Entrevernes, souriant de nouveau d'un air paterne; en venant me trouver, M. Sombernon a obéi, non seulement à la voix de la raison, mais aussi à celle de l'intérêt bien entendu. Il a compris qu'en s'attaquant à une famille respectable et respectée de tous, il s'exposait, lui et les siens, à de sévères représailles, et, en père sage, il n'a pas voulu assumer la responsabilité d'une situation périlleuse pour lui, et surtout pour sa fille.

— Monsieur, repartit Thérèse d'un ton ferme, j'ai la conviction de défendre une cause juste et je vous préviens que je ne me laisserai pas effrayer par des menaces vagues. Je vous prie de vous expliquer plus clairement.

— Vous êtes jeune, mademoiselle, dit le comte en s'évertuant à imprégner ses paroles d'un sentiment d'indulgente compassion. Permettez à un homme mûr, qui a plus du double de votre âge, de vous donner les éclaircissements que vous demandez et d'y ajouter quelques conseils salutaires.

Alors, avec plus de précautions, plus de souplesse et des phrases plus enveloppantes, mais avec la même ténacité, M. d'Entrevernes recommença, pour la fille, la scène d'intimidation et de séduction qu'il avait joué la veille devant le père.

Il parla du crédit et de la faveur dont jouissait sa famille auprès du gouvernement impérial; il dressa, comme un épouvantail aux yeux de Mlle Sombernon, la toute-puissante autorité de l'Empereur qui pouvait d'un trait de plume, mettre fin à un procès scandaleux en faisant enfermer préventivement les auteurs du scandale. Puis, quittant le ton comminatoire, et avec des accents de douce commisération, il déclara qu'aujourd'hui, après avoir vu surtout la grâce et la touchante beauté de Mlle Sombernon, il se sentait ému de pitié et, revenant à des idées plus conciliantes, il préférait s'adresser au cœur, à la délicatesse et au bon sens de la jeune fille. En suivant le procès, les Sombernon avaient tout à perdre; en se désistant, tout à gagner. La famille de Froideville était animée d'un grand esprit de conciliation et elle avait l'intention de reconnaître de la façon la plus généreuse les sacrifices qu'elle imposait à ses adversaires. Les Sombernon recevraient des Froideville une somme considérable, en compensation des droits onéreux et contestables auxquels on leur demandait de renoncer.

Thérèse écoutait ce discours d'un air complètement impassible. Dans toute cette affaire, la seule chose qui lui serrait douloureusement le cœur, c'était l'idée que son père, à son insu, avait eu la faiblesse de se laisser tenter par ces déshonorantes promesses d'argent.

— Les choses que je dis là, continua le comte, ne sont point paroles en l'air. Afin de vous prouver l'esprit de bienveillance qui l'anime, la famille que je représente a tenu à réaliser immédiatement les promesses que j'ai faites à M. votre père. Voici un acte qui contient le détail des sacrifices que nous nous imposons et de ceux que nous vous demandons en échange.

En même temps, le comte tirait de son portefeuille l'acte de désistement et le présentait à la jeune fille; mais au moment où celle-ci se préparait à lui répondre, des pas retentirent dans l'antichambre, et la porte, vivement ouverte, livra passage à Benoît Sombernon accompagné de Jacques Marly.

Ils paraissaient tous deux être venus en hâte, car ils étaient encore essoufflés à la suite de l'ascension trop rapide des cinq étages. En apercevant le comte d'Entrevernes en tête-à-tête avec sa fille, Benoît Sombernon perdit contenance; il bredouilla quelques mots incompréhensibles, et se retourna brusquement vers Jacques Marly, comme pour lui demander aide et conseil. A peine eût-elle vu entrer son père en compagnie du jeune rédacteur, que Thérèse se leva brusquement et se tourna vers l'infortuné Benoît Sombernon.

— Père, s'exclama-t-elle d'une voix qu'altérait un léger tremblement, M. le comte d'Entrevernes me parle d'un projet de transaction préparé d'accord avec toi, est-ce possible, et m'a-t-il dit la vérité?

— Mon Dieu, mon enfant, balbutia avec embarras le bonhomme Sombernon, il a été, en effet, question de quelque chose de semblable, mais il n'y a rien de fait. Figure-toi...

Tandis que M. Benoît Sombernon s'empêtrait dans ses phrases, M. d'Entrevernes avait braqué son monocle dans la direction de Jacques Marly et il examinait le jeune homme avec une curiosité dédaigneuse.

— Pardon, monsieur Sombernon, interrompit-il avec une hauteur nuancée d'impertinence, les affaires qui nous intéressent, vous et moi, ne sont pas de nature à être traitées devant un étranger et il me semble que nous ne sommes pas seuls.

— Oh! répliqua Benoît en rougissant, notre ami Jacques Marly est rédacteur au ministère. Il nous aide de ses conseils et nous n'avons pas de secrets pour lui.

— Ah! c'est différent, dit le comte d'un ton sec, en laissant retomber son monocle. En ce cas, reprenons notre entretien, ajouta-t-il en se tournant vers Thérèse. Quand vous êtes entré, monsieur Sombernon, je donnais à mademoiselle votre fille les explications que vous avez négligé de lui transmettre et j'allais lui faire connaître les conventions dont nous avons, hier, arrêté les bases ensemble.

Sombernon, très troublé, regardait alternativement sa fille, Jacques Marly et le comte; à la fin, il parvint à dompter la crainte qui lui paralysait la langue et murmura.

— Permettez, monsieur le comte, hier, j'ai, en effet, écouté vos propositions sans soulever d'objections. Mais la nuit porte conseil, j'ai réfléchi à ce que vous me proposiez et je ne me suis pas senti le courage d'en parler à Thérèse. Puisqu'elle connait maintenant vos intentions, c'est à elle qu'il appartient de répondre. Pourtant, sans vouloir l'influencer, je ne puis que l'engager à réfléchir à son tour et à ne rien décider à l'étourdie.

M. d'Entrevernes écoutait Sombernon en se mordant les lèvres et en haussant les épaules.

— Hum! répliqua-t-il avec ironie, je crois que la nuit n'a pas été votre seule conseillère et que vous avez été chercher ailleurs des avis intéressés. Voyons, jouons cartes sur table, monsieur Sombernon; on vous a engagé à vous montrer plus exigeant et à me tenir la dragée haute? Eh bien, s'il n'y a qu'une question d'argent qui nous divise, je veux bien me montrer accommodant. Je vous ai parlé hier de cent mille francs. J'en offre aujourd'hui cent cinquante mille à mademoiselle si elle veut signer l'acte de désistement.

Il tirait de nouveau son portefeuille et regardait d'un air déjà vainqueur Sombernon et sa fille. Le père, très embarrassé, tournait les yeux du côté de Jacques Marly en ayant l'air de le consulter. Quant à Thérèse, immobile, en face de M. d'Entrevernes, elle gardait ses paupières baissées et paraissait plongée dans de douloureuses réflexions. Il y eut un moment de profond silence que M. d'Entrevernes interpréta comme un nouveau symptôme d'hésitation, et se décidant à frapper un grand coup :

— Tenez, poursuivit-il, je ferai grandement les choses et je pousserai jusqu'à deux cent mille.

Il lança cette dernière offre avec l'accent dédaigneux et presque provocateur d'un homme sûr de son fait, convaincu d'avance qu'avec de l'argent on triomphe des plus opiniâtres résolutions humaines. Cette fois, s'il n'atteignit pas le but qu'il se proposait, au moins il parvint à émouvoir Thérèse Sombernon. Elle tressaillit comme si elle avait reçu un coup violent, et relevant la tête, elle fixa sur M. d'Entrevernes ses profonds yeux bruns.

— Vous vous abusez étrangement, monsieur, dit-elle d'une voix très calme, la question d'argent n'est ici que secondaire. Vous parliez tout à l'heure du respect qui était dû à votre famille, j'ai aussi, moi, la réputation de ma grand'mère à défendre et l'honorabilité de ma famille à maintenir.

Elle avait pris sur la table l'acte de désistement et, le montrant à M. d'Entrevernes :

— A votre tour, monsieur, continua-t-elle, répondez-moi franchement. En signant cet acte, je reconnais forcément, n'est-ce pas, que ma mère avait menti, que ma grand'mère n'était pas la marquise de Froideville et que nous ne sommes que des aventuriers?

— Non, mademoiselle, s'écria le comte en plissant sa bouche en cœur, nous y avons mis des formes, et, dans les termes du désistement, nous avons adouci tout ce qui pouvait vous être pénible.

— Peu importe la forme! Ce désistement n'équivaudra-t-il pas, aux yeux des juges, à un désaveu de toute ma conduite? En le signant, ne serai-je pas censée reconnaître pour vraies toutes les allégations du marquis de Froideville et de ses héritiers?

— Mon Dieu, mademoiselle, murmura le comte, mis au pied du mur, ce sera effectivement la conséquence implicite de l'abandon de vos prétentions.

— En ce cas, voici ma réponse, s'écria Thérèse déchirant l'acte et en jetant les débris aux pieds de M. d'Entrevernes, je ne signerai jamais une déclaration que je considère comme une lâcheté!

— Bravo, mademoiselle! s'exclama Jacques Marly, qui suivait anxieusement cette scène du fond de la pièce, où il s'était rencogné dans l'angle formé par la haute armoire de chêne.

Il avait jusque-là rongé son frein en silence, se tenant à quatre pour ne pas intervenir; mais cette fois, enthousiasmé par la haute raison et la vaillance de Thérèse, il ne put résister au besoin de manifester son approbation. Il courut à la jeune fille, et, lui prenant les mains :

— Vous avez répondu comme il le fallait! poursuivit-il avec animation, et vous en serez récompensée. N'ayez aucune crainte, votre cause est excellente, et tous les honnêtes gens vous aideront à la faire triompher!

M. d'Entrevernes était trop maître de lui et trop bien élevé pour témoigner violemment l'irritation que lui causait sa déconvenue. Il se contenta de se mordre les lèvres, et ajustant son monocle, de toiser de nouveau ce jeune enthousiaste qui lui agaçait singulièrement les nerfs.

— Là! là! dit-il d'un ton sarcastique, calmez-vous, monsieur le rédacteur au ministère, je suis bien aise de voir comment les employés soutiennent les intérêts du gouvernement qui les paye. J'en ferai mon compliment à votre ministre!

Il ramassa froidement les débris de l'acte de désistement, les mit dans sa poche, lança un coup d'œil menaçant dans la direction de Sombernon, puis s'inclinant légèrement devant Thérèse :

— Serviteur, mademoiselle. Vous venez de commettre une sottise, et je souhaite que vous n'ayez pas à vous en repentir!

XI

A peine la porte de l'antichambre s'est-elle refermée sur M. d'Entrevernes, que Benoît Sombernon, la mine contrite, s'avance vers sa fille, lui saisit les mains, et d'une voix suppliante :

— Ma Thérèse, murmure-t-il, ton père est un pauvre homme, sans cœur et sans cervelle. Mais pardonne-moi! Je serais trop misérable si tu me retirais ton affection!

La jeune fille lui serre les mains nerveusement et secoue la tête d'un air de reproche :

— Oh! père, dit-elle tristement, comment as-tu pu en venir là? Comment as-tu pu oublier en si peu de temps les promesses faites à ma mère?

Tout en parlant, Thérèse penche sa tête sur les mains de M. Sombernon et se met à fondre en larmes.

— Voilà que je la fais pleurer, maintenant! se lamente le bonhomme navré et tout près, lui-même, d'éclater en sanglots. Oui, ma mignonne, j'ai commis une vilenie! Mais si tu savais aussi par quelles angoisses j'ai passé! Nous sommes à bout de ressources, mon enfant. J'avais écrit à nos débiteurs de Marnay de nous envoyer des fonds; ils ne m'ont même pas répondu. Alors, voyant notre bourse à sec, j'ai couru chez Malingrey en le priant de me procurer de l'argent.

A ces mots, Thérèse relève brusquement la tête et s'aperçoit que Jacques Marly écoute attentivement les excuses humblement murmurées par Sombernon. A l'idée que le jeune homme va être initié à leurs embarras matériels, une rougeur lui monte aux joues:

— Assez, père! interrompt-elle sévèrement, il est inutile d'ennuyer M. Marly du détail de pareilles misères.

— Non, non, protesta Benoît, M. Marly est un ami, et il faut qu'il sache, lui aussi, que je n'ai commis cette mauvaise action que contraint par la plus dure nécessité... J'avais supplié Malingrey de m'indiquer un prêteur qui consentirait à m'avancer une certaine somme, garantie par la cession de nos créances. Il a refusé de se charger de cette opération, sous prétexte que le commerce ne va pas. Mais c'était un traquenard, je vois clair maintenant. M. d'Entrevernes et lui s'entendaient comme larrons en foire! Alors Malingrey a profité de mon désarroi pour m'entraîner chez le comte. Celui-ci m'a embobeliné. Je n'ai pas ta tête et ton sang-froid, moi, fillette! Je me suis laissé arracher une sorte de demi-consentement; mais à peine ai-je été dehors que j'ai compris ma sottise et que j'ai été confier mes remords à l'ami Marly.

— C'est parfaitement exact, reprend Jacques, M. Sombernon est venu, très tourmenté, me conter son aventure et je n'ai pas eu de peine à lui démontrer qu'on avait simplement abusé de son inexpérience. On a voulu l'intimider, et il n'y a rien de sérieux dans les menaces à l'aide desquelles on a cherché à l'amener à un désistement. Le rapport que j'ai rédigé conclut à la remise de la moitié de la succession entre les mains de la petite-fille du marquis de Froideville, dès que sa qualité de descendante légitime aura été reconnue par le tribunal. Or, cette reconnaissance n'est pas douteuse; les faits sont patents, la loi est formelle et il n'y a pas, en France, d'autorité qui puisse imposer aux juges une violation de la loi. Le rapport dont je vous parle n'a pas, il est vrai, encore été envoyé au ministre : je soupçonne même le comte d'Entrevernes de n'être pas étranger à cet arrêt dans l'instruction de l'affaire. Mais je sais un moyen de stimuler l'activité des bureaux et ce moyen, nous l'emploierons. Ce n'est donc plus qu'une question de patience. Quant à de l'argent, ajoute le jeune homme en baissant les yeux et se tournant vers Sombernon, ne m'avez-vous pas dit que votre bailleur de fonds serait garanti par le prix de vente de vos immeubles de Marnay? Eh bien, si vous le voulez, je serai ce prêteur. Je viens d'avoir la chance de vendre quatre aquarelles et je me trouve à la tête d'un millier de francs, dont je ne sais que faire. Permettez-moi d'avoir le plaisir d'être une fois le créancier de quelqu'un.

Thérèse a beau secouer la tête en signe de dénégation; Benoît a beau se défendre d'une indiscrétion pareille, Jacques insiste avec tant de bonne grâce, qu'il faut dire oui et accepter le billet de mille francs que le jeune homme glisse furtivement dans la main du père Sombernon.

— Ce n'est pas tout, continue Jacques en s'adressant, cette fois, plus directement à Thérèse; il faut absolument que nous nous assurions le concours d'un allié très utile, un camarade à moi, qui se nomme Dubrac et qui est chef du personnel chez nous. Avant peu, il passera sous-directeur, et pourra nous donner un bon coup d'épaule. En outre, il est lié avec des journalistes, et nous avons besoin des journaux pour vaincre l'inertie bureaucratique. Dubrac serait un protecteur précieux; il épouse très chaudement les intérêts des gens dont il s'est engoué. Le difficile, dit Jacques en riant, c'est de l'amener à s'engouer spontanément, et je compte, pour cela, sur vous, mademoiselle Thérèse.

— Sur moi? s'écrie Thérèse interloquée.

— Oui, mademoiselle, Dubrac adore l'art et les artistes, et je suis certain que, dès qu'il vous aura vue, il s'intéressera à vous. Seulement il est plus nerveux qu'une jolie femme et plus ombrageux qu'un lièvre. Si je lui annonçais d'avance ce que je désire de lui, il s'offusquerait et, comme il est l'homme des partis pris, nous n'en pourrions plus rien tirer. Dans cette affaire, il faut que rien ne paraisse prémédité, et voici à quoi j'ai pensé : Dubrac et moi, nous allons de loin en loin faire une heure d'école buissonnière au Louvre, dans la galerie des Antiques. Trouvez-vous-y demain, après midi. Nous nous y rencontrerons comme par hasard, et, avec votre aide, je serai bien étonné si nous n'arrivons pas à apprivoiser le fugace et papillonnant Dubrac.

La première impulsion de Thérèse est de refuser; mais Jacques insiste, en faisant valoir une raison qui, pour la jeune fille, est déterminante : la nécessité d'assurer le succès de l'instance Froideville. Thérèse cède, il est convenu qu'on se retrouvera le lendemain près de la Vénus de Milo.

Pendant les chaudes journées d'été, la galerie des Antiques est un poétique refuge, plein de silence et de fraîcheur. Du côté du nord, surtout, la lumière diffuse baigne discrètement la blancheur dorée des marbres et donne une apparence de vie élyséenne aux formes impeccables des dieux et des déesses. Les adorables contours de la Vénus *accroupie* palpitent ainsi qu'une chair vivante; au bord de chaque travée, les Vénus aphrodites inclinent leur corps nu et leur tête coiffée en casque pour admirer leur sœur, la Vénus de Milo, qui se détache solitaire sur le velours empourpré des tentures de la rotonde et se montre, aux yeux éblouis, dans tout l'éclat de son immortelle jeunesse.

Thérèse s'est assise, non loin de la rotonde, et, son album à la main, crayonne un bout de croquis d'après un buste de Minerve. La galerie est solitaire, le silence olympien n'en est troublé que par le long va-et-vient d'un gardien somnolent, qui, pour tromper son ennui, compte ses pas en décrivant des S autour de chaque socle. Intérieurement Thérèse est très agitée à la pensée de cette rencontre avec un personnage pouvant exercer une influence sur le succès de l'affaire qui lui tient tant à cœur.

Au moment où le gardien en est à son cinquante-cinquième circuit autour des socles, et où il se propose de recommencer ce salutaire exercice en sens inverse, un léger piétinement et un bruit de voix se font entendre à l'extrémité de la galerie. Thérèse tressaille : ce doit être eux! Mais elle n'ose tourner la tête; elle demeure immobile, affairée en apparence au dessin de sa Minerve, tandis qu'en réalité, elle tend l'oreille pour essayer de distinguer le timbre de deux voix qui alternent. Il lui semble reconnaître dans l'une d'elles les intonations de Jacques, et son cœur bat plus fort, mais elle ne bouge toujours point. Les voix se rapprochent. Maintenant elle est certaine que Jacques Marly se trouve à peine à dix pas en arrière. C'est bien lui; elle perçoit distinctement ses réponses brèves aux élucubrations enthousiastes de ce Dubrac, qui a presque tout le temps la parole :

— Non, s'écrie l'exubérant et pétulant compagnon de Jacques, ne me parlez pas de votre Vénus accroupie! Il n'y a là rien pour la pensée. C'est le poème de la chair, tout uniment, dans son plein épanouissement sensuel; mais ce n'est pas là le vrai beau. L'art doit être chaste, mon ami. Voyez la Polymnie? Y a-t-il rien de plus pur que cette tête virginale, méditativement penchée, et que ce corps pudiquement drapé? Et cette autre vierge, Minerve, a-t-elle inspiré assez de chefs-d'œuvre! Regardez, ajoute-t-il en désignant le buste que dessine Mlle Sombernon, regardez-moi ce fier profil de déesse sous le casque de la guerrière. Vous trouverez là toutes les grâces nobles de la jeune fille, unies à la haute raison de la Sagesse immortelle. Hé! hé! voici qui n'est pas mal dessiné, dit-il d'un air en connaisseur, en interrompant brusquement sa dissertation pour jeter un coup d'œil sur l'album de Thérèse.

Tout à travers ses théories esthétiques, il a aperçu l'élégant profil de Mlle Sombernon, et cette vivante tête de Minerve a soudain absorbé une bonne partie de l'attention qu'il donnait à la Minerve en marbre. Aussi Jacques Marly juge-t-il le moment favorable pour reconnaître Thérèse.

— Eh! s'écrie-t-il avec un hypocrite étonnement qui confusionne la jeune fille, c'est Mlle Sombernon! Dubrac, mon cher, permettez-moi de vous présenter à une personne dont je vous ai parlé déjà. Mademoiselle est la petite-fille de la marquise de Froideville, et c'est elle qui soutient contre l'État cette fameuse instance dont nous avons causé chez Lafontan.

— L'affaire Froideville! Oui, je me souviens, tout un roman! réplique Dubrac, émerveillé de la grâce de la jeune fille et beaucoup plus occupé de la figure de Thérèse que du souvenir de la fameuse instance. Et vous étiez en train de copier cette Minerve, mademoiselle? Tous mes compliments.

Thérèse, très décontenancée, s'est levée, et, tout en cherchant à répondre de son mieux à ces compliments, ne peut arriver à vaincre son embarras. Mais Dubrac ne s'en aperçoit même pas. Sa toquade de l'éducation des jeunes filles l'a repris de plus belle. Enchanté de faire montre de ses idées sur l'art et l'enseignement, devant cette neuve et jolie écolière, il expose ses théories à Thérèse, s'interrompt pour la conduire devant une statue, lui demande son appréciation, s'extasie et disserte avec son exubérance habituelle. Peu à peu, Thérèse, amusée par la verve et la pétulance de cet original, reprend son sang-froid et achève de séduire le chef du personnel par la netteté spirituelle de ses reparties, la délicatesse de son goût et surtout par sa réserve, très digne, sans pruderie.

— Elle est charmante! murmure Dubrac enchanté, à l'oreille de Marly, absolument charmante!

— Eh bien, riposte le rédacteur, puisque Mlle Sombernon vous produit cette impression favorable, faites quelque chose pour elle. L'affaire Froideville est en ce moment accrochée, et vous pourriez peut-être activer l'envoi du rapport au ministre.

— Comment donc? s'écrie-t-il tout haut; mademoiselle, mon ami Marly me dit que je pourrais vous servir au ministère. En quoi puis-je vous être utile?

— Merci, monsieur! murmure-t-elle. M. Marly vous expliquera mieux que moi ce qu'il y aurait à faire et je m'en rapporte entièrement à lui.

En quelques mots Jacques raconte à Dubrac les tentatives du comte d'Entrevernes, et ajoute que Perceval a probablement arrêté l'instruction pour être agréable au secrétaire des commandements de l'Impératrice.

— Je ne puis rien sur Perceval, répond Dubrac après un moment de réflexion, rien actuellement, du moins. Mais il y a une puissance qui est au-dessus des fonctionnaires, des ministres et du chef de l'Etat, c'est la presse. Tous tremblent devant elle et lui obéissent, en ayant l'air de la mépriser. Or, gr ce à Lafontan, j'ai à ma disposition deux journaux in uents. Votre affaire est intéressante, elle piquera la curiosité du public et si nous pouvons déterminer un mouvement d'opinion en votre faveur, rien ne résistera à une pareille pression. Tout ce que je puis vous dire aujourd'hui, c'est que vous aurez désormais un nouveau et fervent champion, dévoué à votre cause, et qu'il combattra pour vous avec toute l'ardeur d'un néophyte.

Tandis que Thérèse se confond en remerciements, Dubrac tire sa montre :

— Deux heures et demie! s'écrie-t-il, c'est l'heure de la signature et il faut que je me sauve! A bientôt, Marly! Au revoir, mademoiselle, je mets à vos pieds tout mon dévouement et tous mes respects.

Et trottinant vivement, malgré son embonpoint, le pétulant Dubrac disparaît au fond de la galerie.

— Un original, mais un brave cœur, dit Marly à Thérèse qui sourit, vous l'avez conquis.

— Grâce à vous, murmure la jeune fille en levant vers son interlocuteur ses grands yeux reconnaissants. Il est tard, ajoute-t-elle, et il faut que je rentre à la maison.

Et Jacques Marly sollicite la permission de la reconduire.

Ils sortent du musée et se trouvent bientôt dans l'éblouissante lumière du quai du Louvre. La chaude après-midi de la fin de juin est rafraîchie par une brise d'est qui agite gaîment les stores des devantures et les branches feuillues des platanes, à travers lesquels on voit le frissonnement argenté de la Seine et la façade ensoleillée de la Monnaie. Thérèse a accepté le bras de Jacques et ils cheminent lentement le long du quai, s'amusant comme des enfants à tous les spectacles de la rue, badaudant devant les marchands d'oiseaux, s'extasiant à la vue des étalages multicolores des grainetiers-fleuristes. Thérèse, tout en savourant cette exquise promenade en tête-à-tête, songe tout à coup qu'elle n'a pas assez remercié Jacques de ce qu'il vient de faire pour elle. S'appuyant plus affectueusement au bras de son compagnon, elle se borne à murmurer timidement :

— Comme vous avez été bon pour nous aujourd'hui!

Et Jacques sent tout son cœur se fondre.

— Ne parlons pas de cela, répond-il, je suis déjà payé au centuple, en voyant que vous êtes contente de votre journée.

Bien qu'il n'ait pas l'enthousiasme exubérant de son ami Dubrac, son admiration pour Thérèse s'est encore accrue pendant cette séance au Louvre. En la voyant glisser tout à l'heure, parmi les blanches statues antiques, il a mieux compris le charme que répand autour d'elle cette belle jeune fille.

— Oui, répète-t-il avec plus de chaleur, il me suffit que vous soyez contente de votre journée. Moi, je ne donnerais pas la mienne pour un empire!

Elle baisse les yeux et savoure au dedans d'elle-même la joie profonde que lui donne cette brusque exclamation. Elle démêle tant de choses dans ces quelques mots que sa poitrine en est oppressée et qu'elle peut à peine respirer! Tremblante, les yeux clos, elle craint presque qu'il ne complète maintenant cette mystérieuse confidence, et elle se demande quelle contenance elle fera, si, tout d'un coup, en pleine rue, il va lui avouer qu'il l'aime.

Jacques est redevenu silencieux. Un moment il a été sur le point de se trahir et de lui révéler tout ce qu'il éprouve de tendresse pour elle; mais il a été retenu par un scrupule . Il lui a tant répété que l'instance Froideville est imperdable et qu'avant peu on lui restituera la moitié de la succession dévolue à l' tat, qu'il n'ose plus lui parler d'amour. Thérèse pourrait croire qu'il est attiré vers elle par l'appât de sa future grande fortune, et l'idée de passer pour un ambitieux coureur de dot arrête sur ses lèvres l'aveu qu'il était près de laisser échapper. Gardant un silence contraint, il fait traverser à la jeune fille le Pont-Neuf, où ils marchent en échangeant à peine quelques phrases insignifiantes.

A l'entrée de la rue Dauphine, ils prennent le chemin des écoliers, et suivent le quai, à l'ombre des platanes, le long des parapets couverts de livres qu'ils regardent distraitement. Ils sont tous deux si affairés à écouter la tendre chanson que murmure en eux une voix confuse, qu'ils ne voient plus rien des choses extérieures. Devant le pont des Arts, Jacques Marly croise Couturier et La Fresnais qui reviennent du ministère, et il passe sans s'apercevoir du regard ironique que lui lancent les deux employés en le voyant cheminer, les yeux rêveurs, avec cette belle personne au bras.

Lentement, par la rue de Seine, ils gagnent enfin le Luxembourg. Le jardin est plein de roses, plein de pépiements d'oiseaux, plein d'enfants. Jacques et Thérèse, avant de rentrer, s'attardent sur un banc. Ils restent presque tout le temps silencieux et renferment obstinément le doux secret qui leur fait battre le c ur. Mais dans leurs paroles entrecoupées, dans leur silence, dans leurs regards, il y a toute une sourde vibration d'amour; et le grand jardin, avec ses airs de fête, ses parfums de roses, ses vols de ramiers, sa musique lointaine, semble lui-même imprégné d'une joie voluptueuse et devient le complice de leur tendresse.

DEUXIÈME PARTIE

I

— Oui, mon cher, disait Deshorties à Jacques Marly qui était venu causer un moment dans son cabinet; oui, je pioche! Par cette chaleur sénégalienne, vous avouerez que c'est héroïque!

On était à la fin de juillet, le soleil chauffait les rues à blanc, et, malgré les stores baissés, les rideaux verts hermétiquement clos, on cuisait littéralement, dans les bureaux du ministère Deshorties avait déboutonné son gilet, enlevé sa cravate, et à chaque instant il déposait sa plume pour s'éponger le front.

— Je rédige un rapport laborieux, continua le sous-chef en montrant son papier couvert de ratures. Toujours l'affaire des *chats*, mon cher; oh! ces chats, ils peuvent se vanter de me faire suer physiquement et moralement! On a adopté les ineptes conclusions de Couturier, et Perceval, avant de partir pour les bains de mer, a daigné me charger de préparer une requête au tribunal à l'effet de faire constater par un vétérinaire l'identité de ces intéressants animaux. Enfin, je m'exécute sans murmurer. Au moment où le ministre semble vouloir être aimable avec moi, il serait de mauvais goût de faire de l'opposition. Car je ne sais si on vous l'a dit: Dubrac a proposé de me comprendre parmi les agents qui seront décorés au 15 août.

— Mon cher camarade, s'écrie Jacques, ce ne sera que justice! Recevez d'avance tous mes compliments.

— Oh! reprit Deshorties modestement, attendons la fin, ne vendons pas la peau de l'ours! Ils veulent sans doute me dédommager ainsi de la saleté qu'ils m'ont faite au sujet de la *chefferie*. Ce n'est pas que je tienne au ruban rouge; je suis trop vieux pour n'être pas revenu de ces vanités-là. Seulement, ça vexera Couturier, et ce sera toujours une satisfaction en attendant le reste! A propos de Couturier, ajouta le sous-chef, vous savez qu'on va lui rendre l'affaire Froideville.

— Hein! s'exclama Jacques, qui en devint pâle, ce n'est pas possible?

— C'est cependant exact, et c'est même un de ces tours d'adresse qui m'obligent à m'incliner devant ce renard de Perceval. Il est décidément très malin, plus fort que nous tous. Les journaux ont fait dernièrement un potin du diable au sujet des Sombernon et de la succession Froideville; on en a parlé au Corps législatif et au Sénat, le ministre lui-même s'est ému des manifestations de la presse, il a pris peur et a demandé un rapport d'urgence sur la situation de l'affaire. Il fallait se prononcer dans un sens ou dans l'autre et par conséquent assumer une certaine responsabilité. Perceval se trouvait dans l'alternative ou d'aller contre le courant de l'opinion publique ou d'indisposer les adversaires des Sombernon, qui sont, paraît-il, de gros bonnets très influents. Or, comme il n'a en tête, en ce moment, que sa candidature au fauteuil de sous-directeur, il est obligé de ménager la chèvre et le chou. Voici donc ce qu'il a imaginé, et c'est ce que j'appelle un trait de génie; il a crié très haut que le travail de son bureau est excessif, et que, surchargé comme il est, il ne peut s'occuper des affaires de ses collègues, et il a si bien manœuvré qu'on a rendu à Couturier le dossier qui provenait de sa section. Puis, pour plus de sûreté, le même Perceval s'est fait délivrer un certificat de maladie, a obtenu un congé, et maintenant il se promène sur les falaises d'Étretat en se lavant les mains de la solution à intervenir, puisqu'elle sera prise sur les propositions de cet imbécile de Couturier. Moi, je trouve le tour admirable, et vous?

— Oui, oui, admirable! murmura sarcastiquement Marly, navré; merci du renseignement, Deshorties, mais vous êtes occupé et je ne veux pas vous déranger davantage.

Et tandis que Marly se retirait, fort découragé, Deshorties s'épongeait de nouveau, reprenait la plume, et écrivait lentement, en répétant à haute voix chacune de ses phrases laborieuses:

— Par ces motifs, plaise au tribunal de faire désigner un vétérinaire pour constater, par tous les moyens qu'il jugera à propos, et en la présence contradictoire des parties, l'individualité de chacun des chats de la testatrice, et pour, à chaque échéance de l'annuité, leur délivrer un certificat de vie.

Les choses s'étaient réellement passées comme Deshorties l'avait conté à Jacques Marly. Perceval s'en était tiré en Normand; il avait jugé l'affaire Froideville dangereuse et s'était empressé de s'en décharger au profit d'un camarade. Toutefois, prévoyant le cas où la décision à intervenir serait défavorable à d'Entrevernes, il avait cru prudent de le prévenir du changement qui venait de se produire, afin que ce dernier ne le rendît pas responsable d'un dénouement fâcheux. Avant de profiter de son congé, il était allé trouver le comte.

— J'ai appris, lui dit-il, que vous aviez échoué dans vos tentatives pour amener les Sombernon à une transaction, et j'en suis d'autant plus désolé que l'affaire n'est plus entre mes mains; on a chargé mon collègue, M. Couturier, de rédiger le rapport au ministre, et c'est à lui que vous devrez vous adresser désormais, pour être tenu au courant.

— Je vous remercie de votre avis, monsieur, répliqua le comte, mais quel homme est-ce que M. Couturier?

— C'est le plus intègre et le plus scrupuleux des agents, répondit Perceval; puis, supposant que M. d'Entrevernes lui saurait gré d'un renseignement utile, il ajouta négligemment: « Je ne lui connais qu'un défaut, c'est de ne jamais prendre une décision sans en avoir d'abord référé à sa femme. On prétend que Mme Couturier connaît mieux que lui les affaires de son bureau.

M. d'Entrevernes était trop intelligent pour ne pas comprendre à demi-mot. Il lut dans un clignement d'yeux le complément de la pensée de son interlocuteur, et vit immédiatement le parti qu'il pourrait tirer de cet avis, jeté comme par mégarde par l'obligeant Perceval.

— De sorte, reprit-il en souriant, que si l'on voulait connaître l'opinion de M. Couturier sur l'instance Froideville, il faudrait d'abord consulter madame. Et quelle sorte de personne est Mme Couturier?

— Une fort jolie personne, très mondaine. Vous auriez pu la rencontrer, monsieur le comte, dans les bals officiels, car elle n'en manque pas un.

— Je regrette en ce cas que la saison des bals soit terminée, car j'aurais aimé à la connaître.

— Vraiment, monsieur le comte? s'exclama Perceval; combien je suis désolé de partir demain pour Étretat! J'aurais été heureux de vous présenter à la femme de mon collègue. Mme Couturier est, en été, une habituée des concerts Besselièvre; on l'y trouve presque toujours le mardi et le vendredi; ce sont les soirs à la mode, et comme vous êtes très répandu dans la société mondaine qui fréquente particulièrement ces jours-là le concert des Champs-Elysées, vous y rencontrerez certainement des connaissances communes qui vous mettront en relation avec cette dame!

Là-dessus Perceval, estimant qu'il en avait dit assez pour éclairer M. d'Entrevernes et lui prouver son zèle, salua très bas le secrétaire des commandements et s'en alla boucler sa valise.

Le mardi suivant, par une belle soirée tiède, succédant à une chaude journée, M. d'Entrevernes, rasé de frais, ganté de clair, bien pincé dans sa redingote noire et ayant jeté sur son bras son pardessus gris, s'achemina d'un air guilleret vers les Champs-Élysées, dîna chez Ledoyen et entra vers neuf heures et demie au concert Besselièvre. Sous le large kiosque étincelant de lumières, l'orchestre jouait une valse de Strauss, qu'accompagnait en sourdine l'incessant piétinement des promeneurs, se coudoyant dans l'allée circulaire et lorgnant l'auditoire féminin qui se pressait sur les chaises du pourtour. Après avoir fait solitairement deux ou trois tours, M. d'Entrevernes rencontra précisément l'homme qu'il cherchait : un jeune attaché au service des chambellans, très répandu, très élégant, conducteur ordinaire des cotillons dans les bals officiels, et par conséquent connaissant par le menu toutes les mondaines habituées du concert. Dès que le comte eut nommé Mme Couturier, le jeune homme se récria : La dame était précisément une de ses danseuses préférées, et M. d'Entrevernes tombait *à pic.*

— Tenez, je vais vous la montrer. Là, dans la première rangée, une petite brune en robe bleue à raies blanches, à côté de ce personnage sec et bilieux à mine de croque-mort.

Le personnage à mine de croque-mort n'était autre que Couturier. Ganté de noir, vêtu de noir, les lèvres pincées et l'œil clignotant, il semblait avoir été placé là pour servir de repoussoir à la tapageuse et sémillante beauté de sa femme. Mme Anna Couturier était une Bordelaise au teint chaud, aux brûlants yeux noirs, unissant à une spirituelle vivacité une câlinerie très enveloppante. Élégante, aimant le plaisir et la toilette, elle avait des allures parisiennes, avec une pointe d'accent méridional qui donnait un charme plus piquant à la musique de sa voix de contralto. Douée de beaucoup d'aplomb et d'un remarquable esprit d'intrigue, elle menait au doigt et à l'œil le pusillanime Couturier, qu'elle méprisait parfaitement du reste, mais qu'elle avait l'adresse de faire valoir dans le monde et qu'elle cherchait à pousser de son mieux, afin de s'élever avec lui sur l'échelle administrative.

— Voulez-vous me présenter à Mme Couturier? demanda M. d'Entrevernes au jeune attaché.

— Comment donc? Avec plaisir!

Ils traversèrent le courant des promeneurs et se dirigèrent vers les chaises occupées par le chef de bureau et sa femme. La dame avait déjà aperçu son ancien danseur et lui faisait d'aimables signes de reconnaissance en agitant le bout de son éventail. Après un échange de poignées de mains, le jeune homme présenta le secrétaire des commandements de l'Impératrice. Au nom du comte d'Entrevernes, Couturier, saisi d'une respectueuse émotion et courbant sa souple échine, faillit se laisser choir. Mme Couturier, très flattée, accueillit le comte avec son plus gracieux sourire et sa plus séduisante œillade : il y avait près d'elle une chaise vide, elle eut un geste très invitant pour l'engager à s'y asseoir.

— Madame, dit M. d'Entrevernes de sa voix la plus flûtée, j'ai déjà eu l'honneur de vous admirer de loin dans le monde, et je me félicite ce soir de l'heureuse circonstance qui me permet de vous offrir mes hommages et mes compliments.

La dame, s'éventant à petits coups, répondit en minaudant que tout le plaisir était pour elle.

— Mais je ne viens pas seulement en admirateur, reprit le comte ; c'est un solliciteur que vous voyez devant vous, madame.

— Un solliciteur : répéta-t-elle en redoublant d'amabilité et aussi d'attention.

— Mon Dieu, oui, et un solliciteur d'une espèce particulière. D'ordinaire, ceux qui s'empressent autour de vous viennent mendier vos bonnes grâces; moi, je viens demander votre protection près de Monsieur votre mari pour une affaire administrative.

— Administrative? murmura-t-elle en souriant; vous m'effrayez, monsieur le comte. Je n'entends pas grand'chose à ces graves matières.

— C'est très grave, en effet, surtout pour moi, et, si vous le permettez, je vais vous exposer ma requête en quelques mots.

Mme Couturier, très intriguée, jeta du côté de son mari un coup d'œil inquiet. Elle connaissait le sire et craignait que, si M. d'Entrevernes s'expliquait devant Couturier, celui-ci ne se mêlât de la conversation avec sa maladresse ordinaire.

— Monsieur le comte, interrompit-elle, puisqu'il s'agit de choses graves, ne pensez-vous pas que nous serions plus à l'aise pour causer en faisant un tour de promenade?

En même temps elle se leva et s'adressant à Couturier :

— Mon ami, dit-elle, je suis lasse d'être assise et M. d'Entrevernes veut bien m'offrir son bras. Nous allons tourner un moment autour du kiosque. Vous, restez là en m'attendant et veillez à ce qu'on ne prenne pas nos chaises?

Quand ils se furent perdus dans le flot des promeneurs, Mme Couturier leva sa tête futée vers son cavalier, et jouant de nouveau de la prunelle :

— Me voilà tout oreilles, murmura-t-elle, et tout à votre disposition, monsieur le comte.

— Madame, commença M. d'Entrevernes, il s'agit d'une affaire dont l'instruction est confiée à M. Couturier et dont vous avez peut-être entendu parler : l'instance Froideville.

Elle la connaissait, en effet, par les journaux et par les confidences de Couturier, qu'elle avait dressé à lui raconter tout ce qui se passait au ministère ; mais elle joua l'ignorance afin de laisser M. d'Entrevernes lui narrer à son point de vue l'histoire de la succession du marquis, les manœuvres des Sombernon, et l'intérêt qu'il avait, lui, à empêcher un procès scandaleux.

Tandis qu'ils piétinaient lentement le sable de l'allée, l'orchestre jouait une fantaisie sur les *Huguenots*; les grands arbres semblaient incliner leurs branches pour écouter; les rosiers des massifs balançaient doucement leurs fleurs et, tout en haut, dans le ciel, des milliers d'étoiles scintillaient comme des yeux d'or. C'était une nuit à souhait pour les poètes et les amoureux; mais ni le comte, ni Mme Couturier n'en avaient cure. Lui, tout entier à ses préoccupations d'argent, elle, toute travaillée par l'espoir d'utiliser cette rencontre au profit de ses visées ambitieuses, tournaient autour du kiosque, sans se soucier de la musique ni de la poésie de cette nuit d'août.

— Les choses en sont là, dit M. d'Entrevernes en terminant, et vous savez, sans doute, madame, que M. Couturier est chargé de rédiger le rapport au ministre.

— Oui, en effet, répondit la dame, je me rappelle maintenant avoir vu ce dossier Froideville dans le cabinet de travail de mon mari. Car, monsieur le comte, mon pauvre mari a un bureau très chargé et il est presque toujours obligé d'emporter de la besogne chez lui. Il passe une partie de ses nuits à étudier ses dossiers, et vraiment on ne lui rend pas justice au ministère! Croiriez-vous qu'après vingt-cinq ans de services il n'est pas encore décoré?

— En vérité, madame, vous m'étonnez? s'exclama le comte en jouant la surprise; c'est un regrettable oubli!

— C'est ainsi, pourtant, soupira Mme Couturier, chaque année on nous leurre. Il va y avoir une promotion à l'occasion du 15 août; nous avions un instant espéré que Couturier y serait compris, mais nous sommes si peu chanceux!

M. d'Entrevernes était resté un moment méditatif. Il releva lentement la tête et ses clairs yeux fureteurs plongèrent dans les reluisantes prunelles de Mme Couturier :

— Ecoutez, madame, répliqua-t-il, vous êtes une femme d'esprit et avec vous on peut s'expliquer nettement. La décoration de M. Couturier dépend absolument de vous. Votre mari, selon qu'il présentera l'affaire Froideville au ministre sous un jour favorable ou défavorable, pourra éterniser ou éteindre ce fâcheux et honteux procès. Le jour où vous m'apporterez un double du rapport concluant à un enterrement de première classe, je vous promets que, ce jour-là même, je ferai comprendre votre mari dans la prochaine promotion. Est-ce convenu? » ajouta-t-il en échangeant de nouveau un regard significatif avec la jolie brune.

Celle-ci se mit à sourire avec une mine friande de chatte qui boit du lait.

— Vous êtes, répondit-elle, mille fois trop bon, monsieur le comte, de vouloir bien vous intéresser à nous. Je vous promets en échange de faire tout ce qui dépendra de moi pour seconder vos intentions. Laissez-moi agir et, avant huit jours, je vous apporterai copie d'un rapport qui vous satisfera complètement.

— Merci, chère madame, repartit le comte en lui serrant galamment le bras. C'est un plaisir de causer affaires avec une femme aussi charmante et aussi spirituelle que vous. A bientôt donc! Et maintenant, je crois que nous pouvons aller rejoindre cet excellent M. Couturier

II

Cette année-là, le 15 août tombant un mardi, Jacques Marly avait profité de la circonstance pour *faire le pont*; sous cette pittoresque image, l'argot bureaucratique désigne une ingénieuse opération, très pratiquée par les employés des ministères. Quand deux jours fériés sont séparés par un jour ouvrable, on réunit les deux congés en un seul, en négligeant le jour non férié, par-dessus lequel on passe comme sur un pont imaginaire. Donc, Marly avait *fait le pont*. Pendant ces trois jours il avait parcouru la forêt de Compiègne en compagnie de Benoît Sombernon et de Thérèse; trois journées joyeusement remplies, durant lesquelles ils avaient visité les grandes avenues mouillées des taillis de Laigue, les berges sinueuses de l'Aisne, les étangs solitaires de Vieux-Moulin et les antiques villages enclavés dans les bois. Pour Benoît et Thérèse Sombernon, qui, depuis leur installation à Paris, avaient la nostalgie de la campagne, cette soudaine plongée en pleine nature était une bienfaisante surprise; quant à Jacques, il avait savouré à plein cœur ces trois jours d'école buissonnière, passés en familiers tête-à-tête avec Thérèse. Toujours croyant se dérober l'un à l'autre le secret de leur mutuelle tendresse, ils se l'étaient, à leur insu, avoué vingt fois dans la journée, sous les retombées des hêtres ou le long des chaussées herbeuses des étangs. Le mercredi matin, ils avaient repris à regret le train de Paris, rapportant des brassées de fleurs et de fruits sauvages, et remportant aussi l'un pour l'autre une affection qui, pour être cachée, n'en était que plus profonde. Leur muet amour, éclos dans l'étroit cinquième de la rue de Fleurus, s'était fortifié et agrandi à l'ombre robuste des chênes, en face des larges horizons forestiers.

Jacques arriva assez tard au ministère et

trouva le personnel de la direction générale ému, tumultueux et bourdonnant comme un essaim d'abeilles dont on a renversé la ruche. Des groupes agités se formaient dans les couloirs, s'interpellant et discutant avec animation. Il y avait de quoi; les promotions du 15 août dans la Légion d'honneur venaient de paraître à l'*Officiel*, et, dans la liste des nouveaux chevaliers, au lieu du nom de Deshorties on avait lu celui de Couturier. La stupéfaction était d'autant plus grande que rien n'avait percé de ce brusque changement de personnes. On savait que Deshorties avait été proposé par le directeur général, sur l'initiative de Dubrac, et l'on s'apprêtait à l'aller féliciter, quand la nouvelle de la nomination de Couturier avait éclaté. Au même moment, on avait vu le garçon de bureau du personnel, portant une enveloppe ministérielle, se diriger vers le cabinet du chef des épaves et déshérences, et en ressortir au bout de quelques minutes, faisant sauter dans sa main les deux pièces de cent sous que Couturier lui avait libéralement données pour payer la bonne nouvelle. Plus de doute! l'affaire était dans le sac; et les camarades, en route déjà vers le cabinet de Deshorties, faisaient soudain volte-face et refluaient chez l'heureux Couturier.

Au ministère, les jours de promotion sont presque des jours de chômage. Une bonne moitié de la séance est employée à complimenter en corps les nouveaux élus; puis, quand cette première formalité est accomplie, il est de règle que chacun aille séparément porter ses condoléances aux infortunés qui espéraient figurer parmi les promus et dont les espérances ont été trompées. Si cette cérémonie est la plus piquante, elle est loin d'être toujours agréable au malheureux qui y joue le principal rôle. Sous couleur de consolation, on lui retourne vingt fois le fer dans la plaie. Les bons camarades ne sont pas fâchés de saisir ce prétexte d'une démonstration sympathique, pour étudier perfidement l'attitude du patient et jouir *in petto* de sa déconvenue. Quant à ce dernier, après avoir avalé une première couleuvre, il est encore obligé d'accueillir avec des remerciements l'humiliante et hypocrite compassion de ses collègues.

A toute minute, la porte du cabinet de Couturier s'ouvrait et se refermait sur une troupe de congratulants. Chaque chef lui présentait son bureau au complet, y compris les commis d'ordre et les expéditionnaires. Couturier, plus soigné dans sa mise, scrupuleusement vêtu de noir, et la boutonnière déjà ornée d'un ruban, recevait les visiteurs debout, près de sa table, où s'étalait la lettre d'avis du ministre. N'ayant jamais été éloquent, il bredouillait plus que jamais, en réponse aux compliments qu'on lui prodiguait parfois avec une certaine exagération ironique

— Messieurs murmurait-il humblement, je suis confus, absolument confus. Ma modestie est presque effarouchée de cette distinction inattendue et prématurée, peut-être. Aussi, suis-je convaincu qu'en me décorant de l'étoile de l'honneur, le ministre a voulu décorer en bloc tout mon bureau, tous mes chers et laborieux collaborateurs.

Il avait péniblement appris cette phrase par cœur avant de sortir de chez lui, et il en était si content qu'il la répétait à chaque nouvelle fournée de visiteurs; en même temps son œil craintif louchait sur sa boutonnière, où s'épanouissait un ruban aussi large qu'un coquelicot, comme s'il eût redouté que cette décoration imméritée ne s'envolât tout d'un coup ainsi qu'un papillon.

Au sortir du cabinet de Couturier, les visiteurs rentraient leur sourire, prenaient une attitude condoléante et se rendaient chez Deshorties; mais ils avaient beau heurter, leur compassion et leur curiosité se cassaient le nez contre une porte close. Deshorties, n'étant pas d'humeur à voir ses « ignobles semblables », s'était enfermé à double tour et faisait le mort.

Vers trois heures, les couloirs reprirent leur physionomie habituelle; on n'y rencontra plus que les garçons de bureau portant languissamment à la signature les portefeuilles bourrés de paperasses. Jacques Marly, inquiet du mutisme de Deshorties, inquiet aussi du sort du dossier Froideville qu'il ne retrouvait plus dans ses cartons, expédia rapidement sa besogne et courut chez le sous-chef des Instances. La porte était toujours close, mais une odeur de fumée de tabac s'exhalant à travers la serrure trahissait la présence du titulaire du cabinet.

— Deshorties, cria Jacques après avoir frappé d'une façon significative, ouvrez!... C'est moi, Jacques Marly!

On entendit un grognement de sanglier, puis un bruit de pas; la clef tourna dans la serrure, la porte s'entr'ouvrit et la figure de dogue du sous-chef se montra dans l'entre-bâillement.

— Entrez! grommela-t-il entre deux bouffées de tabac. Puis il verrouilla de nouveau son huis, et, debout en face du rédacteur, les bras croisés, les pupilles dilatées, il murmura d'une voix sourde :

— Eh bien, qu'en dites-vous?

— Mon cher camarade, je suis désolé!

— Désolé? Il n'y a pas de quoi. C'était prévu, c'était dans l'ordre. Moi, cela m'amuse con-si-dé-ra-blement! ricana-t-il d'un air exaspéré. Je ne suis pas donnant, mais, quand j'ai appris cette nouvelle canaillerie, j'ai allongé une pièce de dix francs à Chantemerle pour bien marquer ma satisfaction. L'inepte Couturier décoré avec mon propre ruban, c'est un spectacle tellement comique et grotesque! Ça vaut bien dix francs, convenez-en! Mais convenez-en donc, et riez comme moi, sacrebleu! riez à vous démantibuler la mâchoire!

En même temps il éclatait d'un rire inquiétant, qui empourprait ses joues et humectait ses yeux ronds.

— Je vous en prie, mon cher ami, calmez-vous! s'écria Jacques, effrayé de ce rire convulsif.

— Je suis très calme! s'exclama furieusement Deshorties, absolument calme! Mon premier mouvement avait été de leur flanquer ma démission à la figure, après avoir calotté Couturier. Mais je me suis contenu, ma colère leur eût fait trop de plaisir! J'ai résolu de patienter. J'attends que la mesure soit pleine, et alors... oh! alors, je casserai les vitres formidablement! A propos, vous savez que ce sont vos amis qui paieront les frais de cette croix si bien placée? C'est pour donner des arrhes à ses protecteurs que l'éblouissant Couturier a sabré l'affaire Froideville...

— Comment, sabré? murmura Jacques stupéfait, est-ce qu'il a modifié mon rapport au ministre?

— Non seulement il l'a modifié, mais il en a rédigé un de son cru, qui a été visé, expédié et envoyé au secrétariat. J'ai vu ce beau morceau d'éloquence quand il a passé chez Perceval. Un chef-d'œuvre, mon cher, un chef-d'œuvre de platitude et d'imbécillité, concluant à ce que l'Administration « se désintéresse complètement d'une instance engagée sur des motifs futiles et sans qu'aucun fait nouveau vienne appuyer la demande des parties. »

— Aucun fait nouveau! s'écria Marly; mais le mémoire de Sombernon produit, au contraire, toute une série de preuves nouvelles, corroborées par des déclarations authentiques. Comment M. Couturier a-t-il pu discuter des articulations aussi sérieuses et établir qu'elles n'avaient aucun intérêt?

— Il ne les a pas discutées, mon ami, il les a passées sous silence, tout simplement. Il s'est borné à citer le jugement rendu lors de la première instance, et à affirmer, avec l'aplomb de la sottise la plus invétérée, que le nouveau mémoire des parties ne contenait que la reproduction des arguments déjà condamnés par le tribunal.

— C'est un odieux mensonge! Et quand le ministre lira le mémoire de Sombernon ainsi que les pièces à l'appui, il verra bien que le rapport ne tient pas sur ses pieds.

— Mais il ne les lira pas, vous êtes encore naïf, vous! Est-ce qu'un ministre s'amuse à dépouiller un dossier? Il ne lira que le chef-d'œuvre de Couturier, et le tour sera joué. A moins, cependant, que quelqu'un n'ait le courage d'éclairer le ministre, en lui faisant connaître la vérité, et en mettant le nez de Couturier dans sa malpropreté, comme on agit envers les chats qui se sont oubliés. Au fait, s'exclama Deshorties soudainement illuminé, il y a peut-être une idée là dedans. Savez-vous comment je m'y prendrais, si j'étais à votre place?

— Que feriez-vous? demanda Jacques, très anxieux.

— Je rédigerais un mémoire où je disséquerais le rapport de Couturier, où j'en démontrerais la bêtise et la perfidie, en le démolissant phrase par phrase...

— Mais pour discuter ce rapport, il faudrait l'avoir entre les mains!

— Je vous le procurerai, moi; je copierai la minute qui est encore chez Perceval. Une fois le mémoire rédigé et la canaillerie de Couturier bien démontrée, je ferais signer le mémoire par les parties qui le notifieraient par huissier à l'Administration, puis j'en enverrais deux copies, l'une aux journaux qui se sont occupés de l'affaire, et l'autre au ministre, par l'intermédiaire du sénateur Jametz. Et voilà!

— Hum! répliqua Jacques très perplexe, il y a du bon dans votre conseil, mais c'est une entreprise scabreuse, qui peut avoir des conséquences graves, et je désirerais consulter là-dessus Dubrac qui s'intéresse aux Sombernon. Voulez-vous descendre avec moi chez lui?

— Au fait, répondit Deshorties en déposant sa pipe, je ne serais pas fâché de voir la tête de Dubrac et de savoir ce qu'il pense des gens qui l'ont joué sous jambe! Quatre heures! Couturier doit être allé exhiber son ruban sur les places publiques et nous n'avons pas chance de le rencontrer dans les couloirs, ce qui est fort heureux pour lui, car je ne pourrais résister au plaisir de le gifler. Les temps ne sont pas encore venus! Descendons!

Ils gagnèrent par un escalier de service l'antichambre des bureaux du personnel, situés à l'étage inférieur. Dubrac s'était absenté, mais les garçons de bureau, connaissant l'intimité des deux employés avec le chef du personnel, les laissèrent pénétrer dans son cabinet. Ils y étaient à peine depuis cinq minutes, quand le piétinement et le sifflotement particuliers à Dubrac résonnèrent dans l'antichambre et le chef entra comme une trombe.

— Pardon, mes chers camarades, s'exclama-t-il avec sa pétulance ordinaire, je vous ai fait attendre. Mais que voulez-vous! je suis surmené. J'arrive du secrétariat où j'ai été retenu pendant deux heures. Ah! mon pauvre ami, continua-t-il en saisissant les deux mains de Deshorties et en les serrant avec effusion, combien je suis peiné pour vous! Ne m'en veuillez point, n'est-ce pas? Vous savez que le personnel n'est pour rien dans cette lamentable affaire Nous avons eu la main forcée. Mais vous, Deshorties, vous êtes un trop noble caractère pour nous rendre responsables d'une mesure qui a été prise malgré nous.

— Je sais, je sais! interrompit brusquement Deshorties, je ne vous en veux pas. Mais avouez que vous avez été refait!

— Eh bien, oui, je l'avoue. Nos propositions étaient déjà au secrétariat; nous vous avions présenté en première ligne, puis pour la forme, Couturier en deuxième; mais Mme Couturier est allée pleurer chez le ministre, qui a eu la faiblesse de se laisser toucher et qui a interverti l'ordre des présentations.

— Allons donc, vons ne dites pas tout! répliqua Deshorties; la décoration de Couturier a été le pot-de-vin du rapport concluant à l'abandon de l'affaire Froideville!

— Chut! mon ami, protesta prudemment Dubrac, c'est une accusation grave que vous lancez là, et on pourrait vous entendre.

— Eh! s'écria le farouche Deshorties, je le crierais volontiers sur les toits, si je le pouvais. Ça m'est bien égal qu'on m'entende!

— Mais ça ne m'est pas égal, à moi! riposta Dubrac en entraînant ses deux camarades vers l'embrasure d'une fenêtre; ma position m'oblige à une extrême réserve Maintenant, mes chers amis, entre nous, bien entre nous, n'est-ce pas? il y a du vrai dans ce que vient de dire Deshorties: la décoration de Couturier a été demandée au ministère par l'Impératrice, et cela à l'instigation de son secrétaire des commandements, M. d'Entrevernes, qui a épousé une Froideville. Or, il y a huit jours, Couturier a fait passer un rapport au ministre où il conclut à l'enterrement définitif de l'affaire à laquelle s'intéresse notre ami Marly. Il y a entre ces deux événements, comme on dit en style juridique, une corrélation évidente.

— Hein? grogna Deshorties en lançant un coup d'œil à Jacques, étais-je dans le vrai?

— C'est inique! murmura le rédacteur; mes pauvres Sombernon vont être atterrés. Deshorties me conseille de combattre l'inqualifiable rapport de Couturier dans une note que Mlle Sombernon signerait et qu'on soumettrait au ministre ainsi qu'aux journaux. Qu'en pensez-vous, mon cher Dubrac?

— Moi, je pense que ce serait bien fait? s'exclama impétueusement Dubrac, il ne faut pas laisser cette iniquité s'accomplir. Elle m'intéresse, cette jeune fille. Préparez votre note, Marly, et donnez-m'en une copie, je l'enverrai dans deux journaux! Du reste, mes chers amis, reprit-il en rapprochant encore ses deux interlocuteurs de l'encoignure de la fenêtre, je puis, sous le sceau du secret, vous apprendre une grande nouvelle. Je sors du secrétariat. Pécoul est très malade, et, sur les instances de sa femme, il s'est décidé à prendre sa retraite. La place sera vacante avant un mois, et le secrétaire général m'a formellement promis la succession de Pécoul. Lorsque je serai sous-directeur, les choses se passeront autrement, et je vous promets, Marly, que ma première occupation en entrant en fonctions sera de retirer le dossier Froideville des griffes de Couturier. Je vous chargerai de l'affaire et nous irons de l'avant!

Au moment où il achevait cette confidence, on entendit une toux discrète derrière le paravent et l'on aperçut tout d'un coup la tête obséquieuse de La Fresnais.

— Pardon, mon chef, murmura ce dernier, j'avais frappé à votre porte, et comme on ne me répondait pas, j'ai cru que vous étiez absent. Je venais déposer sur votre bureau quelques lettres pour la signature.

— Donnez, mon cher camarade, et excusez-moi, je suis occupé en ce moment. Veuillez repasser dans un quart d'heure.

La même pensée avait traversé l'esprit de Marly et de Deshorties, qui échangèrent un regard soupçonneux.

Pourvu, grogna le sous-chef en son pardedans, pourvu que ce jeune mouchard n'ait pas écouté à la porte!

Mais craignant d'effaroucher inutilement Dubrac en lui communiquant ses soupçons, Deshorties se contenta de tourner le dos au beau La Fresnais, qui disparut silencieusement comme il était venu.

Les pressentiments de Marly et de Deshorties ne les avaient pas trompés et leur conversation avait été entendue, en partie du moins, par l'aimable et insinuant protégé de Perceval.

III

En rentrant dans son modeste cabinet de rédacteur, Désiré de La Fresnais se plongea dans une méditation laborieuse. La confidence qu'il venait de surprendre derrière le paravent retentissait à ses oreilles comme un désagréable son de cloche. Si Pécoul se retirait et si Dubrac lui succédait, il n'y avait plus pour lui de chances d'avancement rapide. Son sort était lié à celui de Perceval, qui ne l'avait casé au personnel que pour espionner Dubrac. Or le jeune homme était rongé d'ambition, à l'égal de son protecteur. Seulement Perceval, élevé dans un milieu parisien, avait une certaine largeur d'idées et une élasticité d'esprit que ne possédait pas La Fresnais. De plus, le chef des Instances avait une position de fortune qui lui permettait d'attendre, et il n'en était pas ainsi de l'obscur rédacteur qui lui servait d'instrument.

Fils d'un pauvre fonctionnaire de province, élevé au fond d'une petite ville normande, La Fresnais avait été destiné dès son plus jeune âge à la carrière des bureaux. Les plus belles années de sa jeunesse, il les avait passées en d'étroites préoccupations d'argent, en de laborieuses et desséchantes combinaisons pour arriver à obtenir un peu d'avancement. Dans ce monde du fonctionnarisme où se précipitent avidement de nombreux jeunes gens appartenant à des familles bourgeoises sans fortune, une augmentation de quatre ou cinq cents francs tous les deux ans prennent une importance anormale.

Désiré de La Fresnais était exaspéré à l'idée de voir le poste de sous-directeur enlevé à Perceval. Si, à ce moment, il n'avait eu qu'à ouvrir la main pour ruiner à fond les espérances de Dubrac, il n'eût pas hésité une minute. Mais la chose n'était pas si facile. Dubrac avait l'oreille du secrétaire général, il n'offrait prise à la critique ni au point de vue politique, ni au point de vue de la capacité. C'était un homme du monde et un galant homme. Il n'avait qu'un point faible : son goût pour les flirtations platoniques, et encore cela se réduisait à de don quichottesques amours! Pourtant c'était là le défaut de la cuirasse et, en cherchant bien, peut-être arriverait-on à atteindre le chef du personnel par ce côté-là?

Au bout d'un quart d'heure, La Fresnais releva la tête et sa doucereuse physionomie s'éclaira. Un instant il fut sur le point de s'écrier, comme Iago : « Je tiens l'idée! elle est engendrée! » Mais il se contenta de sourire dans sa barbe bien peignée; puis, comme cinq heures venaient de sonner, il se lava les mains, brossa son chapeau et s'en alla, en se réservant de mûrir pendant la nuit ce projet embryonnaire, qu'il aurait le temps de mettre à exécution le jour suivant.

Le lendemain, dans la journée, il alla rendre visite à Lafontan. Bien qu'il ne fut pas admis par les invités du café de *midi*, La Fresnais était néanmoins en relations suivies avec le sous-chef des Epaves. Ce dernier cherchait à se ménager les bonnes gr ces des employés du personnel et, tout en se tenant sur la réserve avec La Fresnais, il lui donnait de temps à autre des billets de thé tre, en échange de renseignements officieux sur les *mouvements* opérés ou en préparation. De son côté, le jeune rédacteur prenait le journaliste par son faible, en lui manifestant chaleureusement son admiration et en prônant partout son talent de chroniqueur.

Il trouva Lafontan en train de régler ses comptes avec Massabiou. Le garçon de bureau se chargeait des commissions et des emplettes du sous-chef, qui le payait libéralement; mais, cette fois, la note avait été tellement enflée par le Marseillais, que Lafontan jugeait à propos de la discuter contradictoirement.

— Massabiou, s'écriait-il, il y a dans votre mémoire deux articles qui ne sont pas clairs : je vois, à la date du 4 et du 12, deux courses de commissionnaires tarifées à 4 francs, et je n'ai pas souvenance de ces courses-là.

— C'est pourtant bien *simmple*, monsieur Lafontan, répondait avec aplomb Massabiou, vous vous rappelez que je vous ai demandé deux fois des places pour l'Ambigu?

— Parfaitement; vous vouliez y conduire des parents de province et je vous ai donné une lettre pour la direction. Les avez-vous eues, vos places?

— Oui, monsieur; seulement, comme j'étais occupé, j'ai envoyé chaque fois un commissionnaire prendre les billets au théâtre.

— Ah! dit ironiquement Lafontan, et vous me faites payer la course. C'est trop juste!

— Si cependant, monsieur, vous trouvez à redire à la chose, je suis prêt à mettre l'argent de ma poche! répliqua l'effronté Marseillais.

— Non, non, s'exclama le journaliste en éclatant de rire, l'histoire est trop jolie et elle vaut bien quatre francs. Tenez, Massabiou, voici votre compte. Maintenant, allez, mon ami, et une autre fois ne vous gênez pas, prenez une voiture! Ce garçon, continua Lafontan, quand Massabiou eut disparu, ce garçon fait ma joie. Il a une naïveté dans le cynisme, qui m'amuse prodigieusement!

— Les nôtres, observa La Fresnais, ne se permettraient pas de pareilles plaisanteries. M. Dubrac les tient très serrés.

— Oh! Dubrac est un homme austère, lui! C'est un Caton!

— Même avec les dames? demanda ingénument La Fresnais.

— Surtout avec les dames, riposta gaîment Lafontan, que l'histoire de Massabiou avait mis en belle humeur.

La Fresnais sourit discrètement, mais il eut en dedans un doux chatouillement de satisfaction, en voyant que son interlocuteur se dirigeait de lui-même vers le chemin où il désirait le conduire.

— C'est singulier, murmura-t-il, j'aurais cru M. Dubrac très galant.

— Galant, oui; amoureux, non, répondit laconiquement le sous-chef en roulant une cigarette.

La langue lui démangeait. Il était ainsi bâti qu'une fois en train de bavarder, le besoin d'amener le rire sur les lèvres de ses auditeurs s'emparait de lui irrésistiblement. La Fresnais, qui depuis longtemps l'étudiait en dessous, comprit qu'il était arrivé au point où il n'y avait plus qu'à le pousser légèrement.

— En vérité? insinua-t-il; est-ce pour cette raison que vous l'avez surnommé la *Chaste Suzanne?*

— Ah! on vous a dit ça? poursuivit Lafontan, flatté dans son amour-propre d'auteur. C'est une plaisanterie innocente dont votre chef a été le premier à rire. Un excellent et aimable camarade, Dubrac! mais franchement, il est un peu trop coquebin...

— Coquebin? répéta La Fresnais, sans comprendre.

— Oui, c'est une expression dont se sert Balzac pour désigner un garçon qui aurait tous les droits à être couronné rosière, si les hommes concouraient pour ce prix-là.

— Allons donc! protesta le jeune rédacteur d'un air incrédule.

— C'est invraisemblable, mais c'est comme ça, affirma Lafontan, que la contradiction mettait en verve et rendait encore plus mauvaise langue; au fond, Dubrac a peur des femmes.

— Cependant il professe pour elles un culte chevaleresque.

— Chevaleresque, vous avez trouvé le mot! Dubrac est très fort en poésie, mais la prose ne lui réussit pas. Il commence très bien son discours, seulement il ne peut pas l'achever.

— Pas possible! Voyons, voudriez-vous me faire croire que jamais... jamais? se récria le rédacteur en achevant sa phrase par un clignement d'œil.

— On assure que non. Jamais!

— Ce sont des contes à dormir debout! s'exclama La Fresnais, qui sembla pris d'un beau feu pour la défense de son chef. M. Dubrac est très jeune de caractère et très vert encore, et, malgré ses airs pudibonds, je suis persuadé qu'à l'occasion...

— A l'occasion, interrompit ironiquement Lafontan, il ferait ce qu'il a déjà fait. Il se sauverait comme Joseph, en abandonnant son manteau.

— Laissez-moi donc tranquille, je n'en crois pas un mot!

— Voulez-vous parier? repartit le journaliste piqué au jeu. La contradiction l'échauffait et en même temps le démon de la mystification dont il était possédé venait de lui allumer brusquement l'imagination. Il entrevit tout à coup la possibilité d'une bonne charge à faire à Dubrac; un sourire méphistophélique courut snr ses grosses lèvres moqueuses, et, jetant sa cigarette : Voulez-vous, reprit-il en dardant ses petits yeux pétillants sur son interlocuteur, que je vous prouve pièces en main, que votre chef rendrait des points au susdit Joseph?

— Oui, je voudrais voir cela! répliqua La Fresnais en accentuant encore son incrédulité; je serais curieux de savoir comment vous vous y prendriez!

— Oh! ce serait bien simple, dit Lafontan, dont les airs de défi du jeune homme excitaient les instincts mystificateurs; je trouverais une Mme Putifar, ça n'est pas difficile. Accordez-moi seulement quinze jours.

— Va pour quinze jours. Que parions-nous?

— Un bon dîner chez Voisin, et ce sera le gagnant qui dressera le menu.

— Tope! C'est entendu, mais vous savez, il me faudra des preuves!

— Vous les aurez graves, précises et concordantes, déclama Lafontan avec une comique solennité. Dans quinze jours, mon cher, la petite fête aura lieu. D'ici là, motus! La discrétion la plus absolue est de rigueur.

— Naturellement.

Ils se séparèrent là-dessus et Lafontan, enlevant lestement son veston de travail, s'esquiva du ministère.

Il se dirigeait allègrement vers les boulevards, le chapeau planté en arrière, le nez au vent, la mine ironiquement épanouie. Un éclair de malice s'allumait dans ses petits yeux, un sourire courait sur ses lèvres narquoises, tandis qu'il ébauchait mentalement le scénario réjouissant de la charge qu'il méditait à l'encontre de son ami Dubrac. Lafontan n'était pas méchant, mais il y avait au fond de lui un farceur égoïste et spirituel qui sacrifiait tout au besoin de faire rire ses semblables. Tout en longeant la ligne des boulevards, il s'esclafait à lui tout seul, à la pensée de la comique et plaisante surprise qu'il ménageait à Dubrac. A la hauteur de la rue du Faubourg-Montmartre, il se dirigea vers la rue Bergère qn'il suivit jusqu'au bout. et ne s'arrêta qu'à l'angle des bâtiments du Conservatoire. Là, il ralentit le pas et se mit en observation en face de la porte par où sortaient les élèves.

Après avoir fait sentinelle pendant un quart d'heure, il vit émerger de l'ombre du porche et papillonner dans la lumière du soleil d'été qui dardait en plein par l'ouverture de la rue Bergère un groupe de jeunes filles sautillant et bavardant comme une volée de mésanges. L'une d'elles, après avoir distribué des poignées de main à droite et à gauche, traversa la chaussée et se mit à suivre le trottoir ombreux où Lafontan était en faction.

Coiffée d'un petit feutre orné d'une aile de geai, vêtue d'une légère robe de soie bleue à mille raies, les mains enfoncées dans un saute-en-barque de drap noisette, elle paraissait âgée de dix-huit ans à peine. Blonde aux cheveux crêpelés, les yeux bleus très vifs et très grands, le nez retroussé, la bouche spirituelle, elle avait une physionomie à la fois éveillée et ingénue, étonnée et mutine qui faisait plaisir à voir. Tandis qu'elle remontait allègrement le faubourg, en jetant un regard distrait sur les étalages, Lafontan, qui avait doublé le pas, arriva derrière elle et, se penchant au niveau du coquet feutre gris, il murmura :

— Bonjour à la plus mignonne des ingénues du Conservatoire!... Comment se porte votre gracieuse personne?

— Tiens, monsieur Lafontan, s'écria-t-elle en lui tendant gentiment les deux mains, en voilà de la veine! Je pensais justement à vous.

— Et moi, je vous cherchais, ma chère enfant, répondit-il sans lui lâcher la main.

— Ça se trouve bien alors! Mon cher, je pioche mon concours de comédie, et entre temps je vais jouer la *Petite Fadette* à un bénéfice, au thé tre de la Tour d'Auvergne. C'est pour après-demain; il faut absolument que vous me promettiez de venir me voir et de m'écrire ensuite un bout d'article dans votre journal. C'est entendu, n'est-ce pas?

— Soit, ma mignonne Angèle, mais donnant donnant, j'ai aussi quelque chose à vous demander.

— Quelque chose d'honnête, hein! dit-elle avec une jolie moue pudibonde, assaisonnée d'une œillade très friponne.

— Parbleu! répliqua-t-il railleur Seulement, ce sera un peu long à expliquer, et nous sommes mal ici pour causer. Si vous voulez, nous prendrons une voiture et je vous conterai mon affaire en route.

Il héla un cocher qui passait à vide, ouvrit la portière et aida Mlle Angèle à monter.

— Chez qui dois-je vous conduire? interrogea-t-il, toujours gouailleur.

— Mais chez mon père, monsieur! s'exclama-t-elle avec une dignité effarouchée et comique, rue Nollet, à Batignolles. »

Mlle Angèle Pèche était la fille d'un ancien commis d'ordre du ministère, auquel Lafontan avait jadis rendu de menus services. Il en rendait de plus importants à la jeune personne en faisant passer de temps à autre, sur elle, quelques lignes de réclame dans le *Courrier des Théâtres*. Lorsqu'Angèle se fut installée près du journaliste et que le cocher eut fouetté sa bête :

— Voyons, mon ami, de quoi s'agit-il? s'écria la jeune fille très intriguée.

— Ma chère enfant, commença le sous-chef, votre père a été pendant plus de trente ans au ministère; il a une petite pension, mais je sais qu'il y a cinq ou six mois il a sollicité un secours.

— Oui, et on le lui a refusé. Ils sont assez chiens dans votre boutique!

— Il n'y avait pas de fonds, mais nous sommes plus riches en ce moment. Serait-il agréable à M. Pèche d'obtenir aujourd'hui le secours qu'il a demandé jadis?

— Dame, je suppose que oui. Que doit-il faire pour cela?

— Oh! c'est très simple, il faut qu'il rédige une nouvelle pétition, et que vous vous chargiez de la présenter vous-même à M. Dubrac, le chef du personnel.

— Pourquoi moi plutôt que lui? murmura Angèle en renouvelant sa petite moue effarouchée.

— Parce que, mon enfant, étant très jolie, vous ferez plus d'impression sur M. Dubrac, qui ne manquera pas de tomber amoureux de vous.

— Quel âge a-t-il donc votre monsieur?

— Un âge mûr... Il flotte entre quarante-cinq et cinquante ans.

— Et vous appelez ça me demander quelque chose d'honnête? Merci, c'est du propre!

— Tout se passera honnêtement, je vous en réponds. Seulement il faut être câline, sentimentale, touchante, irrésistible enfin, comme vous l'êtes quand vous voulez. Dubrac est galant, il vous fera la cour et vous le laisserez aller.

— Dites donc, vous! se récria Angèle en se gendarmant; je le laisserai aller? Jusqu'où?

— Rassurez-vous, chaste Ophélie, il n'ira pas loin, et vous pourrez vous montrer très aimable, sans craindre pour la neige blanche de votre vertu.

En même temps, Lafontan se pencha, et, tout en reniflant voluptueusement la fine odeur de *new-mown-hay*, qui se dégageait des vêtements de la jeune personne, il lui chuchota dans l'oreille une confidence qui provoqua de la part de cette ingénue un long éclat de rire flûté.

— Vrai? s'exclama-t-elle en s'arrêtant pour respirer, est-ce assez drôle? En ce cas j'accepte, ça m'amusera! Seulement, pas de blague! Vous me garantissez que c'est sérieux, n'est-ce pas? le... la... je ne sais comment dire, moi.. la timidité de ce monsieur?

— Je vous jure sur l'honneur que vous sortirez de là plus immaculée que la blanche hermine.

— Eh bien, vous pouvez compter sur moi. C'est tout à fait dans mon emploi, ces rôles-là! Quand dois-je aller au ministère?

— Soyez-y après-demain avec la pétition, entre dix et onze heures. Mais, je vous en prie, ma mignonne, faites bien les choses! Comme il s'agit d'un pari, il me faudra avoir une preuve écrite de la passion... platonique de Dubrac. Vous êtes adroite, menez-le jusqu'à la correspondance, inclusivement.

— Fiez-vous à moi, vous aurez votre papier. Et, à votre tour, n'oubliez pas le théâtre de la Tour d'Auvergne, et bichonnez-moi votre article.

— Entendu, à après-demain!

La voiture s'était arrêtée rue Nollet, et Angèle avait ouvert la portière.

— Surtout, ajouta Lafontan en lui appliquant paternellement deux baisers sur les tempes, surtout, mon enfant, veillez sur votre tenue. Pas de fla-fla. Une mise simple et de bon goût!

— Soyez tranquille, dit Angèle en descendant. Une toilette de jeune fille protestante qui va au prêche. Je vois ça d'ici. Quelque chose comme le costume de l'institutrice dans *le Marquis de Villemer*. Ça me connaît et je soignerai mon entrée!

IV

Dans son vaste cabinet de chef, Firmin Perceval paperassait mélancoliquement. Il était revenu des bains de mer au lendemain de la fête du 15 août, et, depuis son retour, il semblait que le guignon prît un malin plaisir à se mêler de ses affaires. D'abord, à peine était-il rentré au ministère, que de sourdes rumeurs lui arrivant de tous côtés lui avaient appris que la candidature de Dubrac au poste de sous-directeur était regardée comme ayant les chances les plus sérieuses. Puis, au moment où il songeait à solliciter l'intervention de M. d'Entrevernes et à contre-balancer la faveur dont son rival jouissait au secrétariat, deux ou trois journaux avaient recommencé à s'occuper de l'affaire Froideville. L'une de ces feuilles même, qui paraissait très bien informée, avait divulgué l'existence d'un rapport adressé au ministre par l'Administration, et avait discuté et combattu fort habilement les conclusions de ce rapport. Enfin, dans son courrier du matin, Perceval venait de trouver une lettre du secrétariat, émargée à l'encre rouge du mot « urgent » et accompagnée du dossier Froideville.

Par cette lettre, rédigée en termes très raides, le secrétaire général communiquait à l'Administration un nouveau mémoire des parties, contenant une réfutation très serrée et très vive du rapport préparé par Couturier. « Ce rapport, disait la dépêche ministérielle, est inexact et incomplet; le ministre regrette que l'affaire ait été étudiée aussi légèrement; il m'invite à vous témoigner son mécontentement et à exiger une nouvelle et plus sérieuse instruction. Vous m'adresserez, en conséquence, dans un délai de huit jours, après vous être livré à un examen approfondi des arguments nouveaux produits par la partie, et des pièces existant au dossier, un rapport plus complet contenant vos observations et votre avis. »

Le moyen maintenant d'aller solliciter l'appui de M. d'Entrevernes, au moment où les conseils donnés au comte par Perceval aboutissaient à un si piteux résultat, et où l'affaire prenait décidément une tournure si défavorable aux intérêts des héritiers Froideville! Le chef des Instances sentait des bouffées de colère lui monter au cerveau; il était furieux contre lui-même, furieux contre l'ineptie de Couturier, et furieux surtout contre le mystérieux adversaire qui avait fourni aux journaux et au ministre des renseignements si exacts et si désastreux sur la véritable situation de l'affaire. Certainement le rédacteur anonyme de ces notes et de ce nouveau memoire avait eu connaissance du dossier. On lui avait mis sous les yeux le rapport de Couturier. Mais en ce cas, une pareille indiscrétion n'avait pu être commise que dans les bureaux? Perceval se creusait la tête pour découvrir le coupable, et, se fondant sur la maxime : *Is fecit cui prodest*, il arrivait à conclure que le coup ne pouvait venir que de Dubrac.

Enfoncé dans son fauteuil, le nez pincé entre ses doigts, le front plissé, il cherchait dans son sac quel tour de sa façon il pourrait bien jouer à son rival; quelle manœuvre adroite il inventerait pour parer les coups de son concurrent et se remettre en bonne posture près de M. d'Entrevernes, dont la protection lui était indispensable.

Le vaste cabinet, tapissé de papier gros vert, avait une morne physionomie, conforme à la tristesse des méditations du chef. Les grands rideaux de damas vert, soigneusement rapprochés pour intercepter le jour cru qui blessait les yeux tendres de Perceval, ne laissaient passer qu'un étroit filet de soleil. Tout y était silencieux, ennuyé, assoupi. Perceval jetait un regard vague sur les rideaux fanés, sur les tentures poudreuses, sur la haute bibliothèque d'acajou, encombrée de livres de droit et de recueils de jurisprudence, méthodiquement alignés. Tout cela avait un aspect froid, maussade, funèbre. Bien des fois, en contemplant ce glacial cabinet où il passait sa vie, Perceval s'était dit avec une douce satisfaction : « Les tentures sont minables, le mobilier est usé, mais bah! je ne demanderai pas de réparations au matériel. A quoi bon? Avant deux mois je serai installé dans le confortable cabinet de Pécoul! » Et en imagination il avait inventorié le somptueux mobilier du sous-directeur : le magnifique bureau empire, incrusté de cuivres artistement ciselés, les fauteuils de velours, les trois corps de bibliothèque en bois noir, les épaisses portières masquant douillettement les portes à deux battants. Mais aujourd'hui, cette souriante perspective s'évanouissait, et, tout autour de lui, les murs assombris de son gîte actuel semblaient se rétrécir pour l'emprisonner. Alors une rage le prenait et il se fourbissait nerveusement le front avec ses deux mains. Ainsi il n'avait presque pas eu de jeunesse, ayant passé ses plus vertes années à dépouiller des dossiers et à pâlir sur d'ennuyeux livres de droit! Il ne connaissait que par ouï-dire ces plaisirs parisiens dont les descriptions lui faisaient venir l'eau à la bouche. Il était allé dans le monde, non pour s'y amuser, comme les autres, mais uniquement pour y nouer des relations. Il avait épousé une femme laide, parce qu'il lui fallait de l'argent pour asseoir solidement son avenir administratif, mais non parce qu'il était indifférent au beau sexe; il aurait, lui aussi, aimé d'avoir à ses côtés une épouse aimable, appétissante, fraiche et jolie, au lieu d'une perche noueuse et décharnée; mais il avait refréné sa chair, mis une martingale à ses appétits, imposé silence à sa vanité, le tout pour se consacrer entièrement à ses projets ambitieux. Et voilà qu'après tant de sacrifices, tant d'efforts, tant de génuflexions devant le pouvoir, tant de laborieuses et souterraines manœuvres, il était à la veille de rester Grosjean comme devant, tandis qu'un plus heureux s'assiérait dans ce fauteuil de sous-directeur, tant convoité! Une fois Pécoul remplacé, il y avait peu de chances qu'une nouvelle sous-direction vaqu t de sitôt, et il serait peut-être condamné à croupir chef de bureau!

Il serrait les dents et se tordait les mains à la pensée de cette occasion ratée, et aussi en songeant à la risée générale qui accueillerait sa déconvenue, parmi ses collègues et ses subordonnés, qui le jalousaient et le détestaient. N n, non, il ne supporterait jamais une aussi navrante humiliation; il préférait s'en aller, s'exiler en province, dans un trou de chef-lieu ou, du moins, il serait chef de service. Mais avant d'en venir à cette extrémité, il voulait lutter par tous les moyens et faire flèche de tout bois.

Ce fut dans cet état d'agitation que le surprit La Fresnais, lorsque, après avoir heurté discrètement, le jeune rédacteur se décida à franchir le seuil du chef des Instances. Au rebours de son protecteur, La Fresnais était épanoui et souriant. Il avait le matin même rencontré Lafontan dans un couloir, et celui-ci, le prenant par le bras, lui avait murmuré dans le tuyau de l'oreille :

— Mon cher, vous pouvez d'ores et déjà retenir un salon chez la Voisin. Avant quinze jours, je vous mettrai sous les yeux toutes les pièces à convictions désirables.

— Ça tient donc toujours! avait demandé le rédacteur d'un air détaché.

— Comment! si ça tient? Les fers sont déjà au feu. Ainsi, mon camarade, préparez votre porte-monnaie, car je ne lésinerai pas sur le menu!

Et voilà pourquoi, après avoir reçu cette confidence, La Fresnais se présentait chez Perceval avec une souriante assurance sur les lèvres et dans les regards.

— Ah! bonjour, mon ami, dit le chef d'une voix dolente, entrez, entrez, vous ne me dérangez pas!

En même temps il avait relevé la tête et La Fresnais fut frappé de l'expression mélancolique de sa figure aux traits tirés.

— Qu'avez-vous donc, monsieur Perceval? lui demanda-t-il; êtes-vous souffrant?

— Moi? non, répondit-il mélancoliquement. Je suis seulement fatigué. J'ai de la besogne par-dessus les oreilles, et il y a des moments où j'ai envie de tout planter là. Oui, parfois le métier que je fais m'écœure, l'existence administrative me pèse. Ah! mon pauvre ami, vous qui êtes jeune, comme je vous plains de vous être fourvoyé dans la carrière des bureaux!

La Fresnais l'écoutait un peu interloqué. « Où veut-il en venir avec cette antienne! » se disait-il intérieurement.

— Oh! mon chef, protesta-t-il, vous voulez rire. Si quelqu'un peut se plaindre de sa destinée administrative, ce n'est certes pas vous!

— Je ne me plains pas, poursuivit Perceval, je constate simplement. A chaque instant des tuiles et des corvées! Tenez, cette affaire Froideville! une r gne qu'on a voulu ressusciter malgré moi! Eh bien, le ministre vient de nous la renvoyer en exigeant un supplément d'instruction, et Son Excellence a assaisonné sa lettre d'une semonce très désagréable et que je ne croyais pas avoir méritée.

— Une semonce à vous, monsieur Perceval! s'exclama le rédacteur avec un air d'hypocrite indignation.

— Oh! cela n'est rien encore, je suis habitué à ces coups de boutoir; d'ailleurs, c'est Couturier qu'on fustige sur mon dos, et je conviens que son rapport ne valait pas le diable. Non, ce qui me navre, c'est que quelqu'un de chez nous, un faux frère, un traître! a fourni déloyalement à la partie adverse des armes contre nous. C'est grâce à une indiscrétion commise dans nos bureaux que le ministre a été mis en mesure de nous donner sur les doigts! La Fresnais, ajouta Perceval après avoir pris un temps et coulé un regard oblique dans la direction de son protégé, vous qui êtes au courant des rumeurs des couloirs, tâchez donc de vous enquérir adroitement de la façon dont les choses se sont passées. Je serais aise de connaître l'auteur de cette indiscrétion!

— Mon Dieu, monsieur Perceval, répliqua doucement La Fresnais, puisque cette affaire vous tient au cœur, je puis bien vous dire ce que j'en sais. L'enquête que vous désirez se trouve toute faite. D'après quelques mots d'une conversation que j'ai entendue, il y a deux jours, chez M. Dubrac, j'ai lieu de penser que les renseignements ont été fournis aux journaux et à la partie adverse par M. Marly.

— Marly! s'écria Perceval; en effet, c'est lui qui a dépouillé le dossier et préparé le rapport auquel on a substitué celui de Couturier. Mais quel intérêt aurait pu pousser cet agent à trahir ainsi le secret professionnel?

— Un intérêt assez vif et d'un ordre tout intime, insinua La Fresnais avec un petit rire faux. M. Marly est amoureux fou de Mlle Sombernon, et cette demoiselle est précisément cette partie adverse à laquelle les renseignements devaient profiter.

Perceval demeura un instant pensif.

— Amoureux? reprit-il; d'où le savez-vous?

— J'ai rencontré, plusieurs fois, Mlle Sombernon et M Marly se promenant en tête-à-tête. La jeune fille est remarquablement jolie et ils paraissaient fort épris l'un de l'autre. J'ai même appris par un de nos commis qu'on les a vuensemble dans les bois de Compiègne, pendant les fêtes du 15 août.

Le chef des Instances s'était de nouveau plongé dans une profonde méditation. La révélation de La Fresnais éclairait la situation. Perceval se souvenait maintenant d'avoir entendu Dubrac vanter en termes lyriques la beauté de Mlle Sombernon. Ainsi, le jeune Marly se mêlait activement de contrecarrer les projets de M. d'Entrevernes? Bonne affaire! On pourrait jeter ce rédacteur amoureux en holocauste au secrétaire des commandements. On enverrait ce tourtereau roucouler dans un poste en province!

— C'est bien! s'exclama-t-il sévèrement, je tirerai tout cela au clair, et, si vous ne vous êtes pas trompé, je proposerai à M. le directeur général de sévir. Ainsi, c'est chez M. Dubrac que ce complot a eu lieu? Je m'étais toujours douté que le coup partait de là! Voyons, ne soyez pas si chiche de vos paroles, La Fresnais. Plus de détails, mon ami, plus de détails! Comment avez-vous surpris cette conversation?

La Fresnais raconta par le menu tout ce qu'il avait entendu chez son chef et il n'oublia pas d'insister sur l'accent triomphant avec lequel Dubrac avait annoncé à ses amis que le secrétaire général lui avait promis la succession du sous-directeur Pécoul. En entendant cette dernière confidence, Perceval pâlit et se mordit les lèvres.

— Ah! murmura-t-il avec amertume, il s'est exprimé aussi nettement? Et vous ne me disiez pas cela? Vous êtes singulier! Il faut vous arracher les paroles de la bouche. Eh bien, oui, La Fresnais, voilà la justice des hommes : Dubrac sera sous-directeur, et moi, je croupirai dans la *chefferie*!

— Oh! repartit Désiré La Fresnais avec un étrange sourire, M. Dubrac n'est pas encore nommé et il ne le sera que si vous renoncez à la lutte!

— Et comment pourrais-je lutter? Je n'ai d'autres titres que mes services, moi! Je ne suis protégé par aucun personnage influent; tandis que Dubrac, fortement appuyé par le directeur général, chaudement recommandé par le secrétariat, sera certainement le candidat du ministre.

— A moins pourtant, insinua La Fresnais, que le ministre ne reconnaisse l'impossibilité de donner à M. Dubrac un fauteuil de sous-directeur.

— De quelle impossibilité parlez-vous?

— Je ne dis pas que le ministre soit actuellement persuadé de l'inaptitude de M. Dubrac, ni que cette inaptitude existe en ce moment.

— Mon cher, interrompit sèchement Perceval, je n'aime pas les énigmes. Expliquez-vous!

— Je vous demanderai donc la permission de parler plus nettement et de vous dire toute ma pensée. A l'heure qu'il est M. Dubrac est un candidat très acceptable et on n'a rien à objecter contre lui. Mais il pourrait surgir tel événement qui le rendît impossible comme sous-directeur et qui fermât la bouche à ses protecteurs eux-mêmes.

— Hein? Perceval sursauta dans son fauteuil et fixa lentement son regard clair sur les yeux de son interlocuteur :

— A quel événement faites-vous allusion et qui pourrait le faire surgir?

— Moi, monsieur Perceval, répondit La Fresnais, assourdissant sa voix et démasquant résolument ses batteries. Promettez-moi de me faire nommer sous-chef le jour où vous serez sous-directeur, et je vous promets en retour de faire naître certains incidents qui forceront le ministre à écarter la candidature de M. Dubrac.

— Ah! ça, reprit le chef interloqué, vous vous exprimez avec une assurance qui me confond. Auriez-vous réellement le moyen d'influencer les décisions du ministre! Et ce moyen est-il honnête? est-il avouable?

— Honnête? répéta La Fresnais, qui baissa les yeux, cela dépend du point de vue auquel on se place. Je vous répondrai, en me servant d'une locution vulgaire, qu'on ne confectionne pas une omelette sans casser des œufs. Tout ce que je puis vous dire...

— Non, ne me dites rien, interrompit précipitamment Perceval avec un beau geste indigné; Dubrac est mon concurrent, mais il a toute mon affectueuse estime et je veux le combattre loyalement, à visage découvert. Du moment où le moyen dont vous me parlez a quelque chose de clandestin et d'équivoque, je ne veux pas le connaître!

— Vous ne le connaîtrez pas, répliqua doucereusement le rédacteur. J'aime mieux cela, monsieur! De cette façon je vous rendrai le double service de vous débarrasser de votre rival et de vous épargner d'honorables scrupules. Tout ce que je vous demande, c'est de me promettre que le jour où l'éventualité en question se sera réalisée, votre premier acte comme sous-directeur sera d'obtenir pour moi un emploi de sous-chef.

Il y eut un moment de silence pendant lequel Perceval scruta sévèrement la physionomie de son protégé, puis se levant :

— Mon cher ami, répondit-il, vous savez trop bien quel intérêt je vous porte pour douter de mes bonnes dispositions; si, par impossible, je deviens sous-directeur, vous pouvez compter que je ne vous oublierai pas.

— Ainsi, c'est entendu? murmura La Fresnais; j'ai votre parole, monsieur, et je puis agir?

— Un instant! repartit précipitamment Perceval; il est entendu aussi que je vous laisse toute la responsabilité de ce que vous entreprendrez. Vous vous engagez à ne point mêler mon nom à vos agissements?

— Soyez tranquille, je prends tout sur moi, et

lorsque la candidature de M. Dubrac sera écartée, vous n'aurez qu'à remercier un hasard... providentiel. Seulement, comme il faut toujours s'aider un peu soi-même, afin que le ciel vous aide à son tour, pendant que j'agirai de mon côté, peut-être jugerez-vous à propos, monsieur Perceval, d'agir du vôtre, afin que votre nom arrive tout naturellement sous la plume du ministre, lorsqu'il aura biffé celui de M. Dubrac.

— Ceci est mon affaire, dit gravement le chef des Instances en reprenant ses manières *boutonnées*. Au revoir, monsieur, je vous le répète : je ne sais rien et je n'autorise rien!

V

Tout en s'arrangeant pour mettre sa responsabilité à couvert et tout en protestant de son intention de lutter à armes courtoises avec son rival, le chef des Instances n'en avait pas été moins violemment remué par les mystérieuses ouvertures de La Fresnais. Le jeune rédacteur était un garçon prudent, qui calculait toutes ses démarches et ne s'aventurait jamais à l'étourdie. S'il s'était exprimé avec tant d'assurance tout à l'heure, il devait y être autorisé par la découverte de quelque secret préjudiciable à Dubrac. De quelle nature était ce secret? Peu importait pourvu qu'il fût assez compromettant pour nuire aux destinées administratives du chef du personnel. Perceval se louait même d'avoir prudemment refusé de connaître le fond de l'histoire. Néanmoins, et à tout hasard, il résolut de mettre à profit le conseil de La Fresnais et de s'assurer un appui près du ministre. Dès que quatre heures sonnèrent, il quitta son bureau et se rendit chez le comte d'Entrevernes.

Après qu'il eut donné sa carte, on l'introduisit dans le cabinet de travail où le secrétaire des commandements était occupé à écrire. Perceval s'avança en courbant très obséquieusement l'échine et fut reçu tout d'abord avec une certaine impertinence railleuse :

— Eh bien, monsieur, lui dit d'Entrevernes négligemment, je n'ai pas eu jusqu'à présent à me féliciter d'avoir suivi vos avis! Les Sombernon se sont moqués de mes offres, et votre M. Couturier, que j'ai fait décorer, m'a tout l'air d'être une cinquième roue à un chariot. Venez-vous au moins m'annoncer quelque agréable nouvelle?

— Hélas! non, monsieur le comte, répondit humblement Perceval, nous avons mis tout le zèle et toute l'activité possibles à servir votre cause, mais nous sommes menacés d'un regrettable échec.

— Vos bureaux refusent d'abandonner l'affaire? s'exclama M. d'Entrevernes avec irritation.

— Non, monsieur le comte, les difficultés ne viennent pas de chez nous. M. Couturier avait rédigé un rapport concluant à l'abandon, j'avais réussi à le faire adopter par le conseil, mais dans l'intervalle, les journaux ayant derechef clabaudé, par suite de l'indiscrétion d'un de nos agents, Son Excellence vient de nous renvoyer le dossier en demandant une nouvelle instruction

— Et cette instruction, qui la fera?

— Moi! s'écria Perceval, en bombant sa poitrine et en rejetant sa tête en arrière. Je ne laisserai à personne le soin de traiter cette affaire! Mais, malgré mon désir de vous être utile, monsieur le comte, j'aurai peut-être les mains liées. Je dois songer à mon avenir administratif, et les circonstances présentes limitent étroitement ma bonne volonté.

Il s'arrêta et sembla attendre une parole encourageante; mais M. d'Entrevernes ne desserra pas les dents. Il se contenta de regarder malicieusement son interlocuteur entre ses paupières clignotantes.

Je désire obtenir mon avancement, continua le chef des Instances, et précisément il va y avoir chez nous une place de sous-directeur vacante. Cette aubaine, qui se présente rarement, a déjà allumé bien des convoitises. J'ai un concurrent sérieux, très appuyé par le secrétariat général, et si, dans mon désir de vous complaire, lors de la nouvelle instruction de l'affaire Froideville, j'agis contre le gré du ministre, qui me défendra?

— Moi, monsieur, répliqua froidement M. d'Entrevernes, si vous le voulez. Je puis enlever l'affaire avec l'aide de Sa Majesté l'Impératrice.

— Ah! monsieur le comte, murmura Perceval en s'inclinant profondément, je n'osais solliciter de vous une telle marque d'intérêt. Si vous daignez m'accorder la faveur de votre appui, je triompherai certainement et je vous en garderai une éternelle reconnaissance!

— Mon cher monsieur, reprit le secrétaire des commandements en plissant ironiquement les lèvres, je ne crois pas à la reconnaissance. Jadis, dans ma jeunesse, au temps des diligences, lorsqu'on allait retenir sa place au bureau, l'employé vous obligeait à verser des arrhes; de cette façon il était sûr que le voyageur ne manquerait pas à l'appel et que la place ne resterait pas vide par suite d'un caprice ou d'une négligence. Eh bien, monsieur Perceval, permettez-moi de m'inspirer de cette vieille coutume et de vous demander des arrhes. Je vous ferai nommer sous-directeur, mais à la condition que vous replongerez le dossier Froideville dans les oubliettes.

Perceval se récria douloureusement. Ce que le comte exigeait était matériellement impossible! Les journaux avaient parlé, l'opinion publique avait été mise en éveil; le ministre, harcelé par les députés et les sénateurs, s'était occupé personnellement de cette fâcheuse affaire. Pour le moment, on en était réduit à louvoyer, à atermoyer, à traîner les choses en longueur. Mais, malgré toute l'éloquence qu'il déployait pour convaincre le secrétaire des commandements, celui-ci restait impassible et s'entêtait dans sa résolution.

— Service pour service, disait-il obstinément; la plus grande preuve de gratitude que vous puissiez m'administrer, c'est l'enterrement définitif de cette misérable affaire.

— Non, non, monsieur le comte, soupirait Perceval très ému, je ne puis pas faire cela!

Il s'arrêta d'un air accablé, plongea sa tête dans ses mains, puis la relevant brusquement;

— Je ne puis faire cela, répéta-t-il, mais je puis vous donner un bon conseil.

— Un conseil! s'exclama dédaigneusement le comte en haussant les épaules, monnaie de singe! Vous m'en avez déjà donné un jadis qui ne valait pas un rouge liard.

— Celui-ci vaut de l'or! affirma précipitamment Perceval.

Il n'y avait plus de temps à perdre; d'ici à peu de jours le ministre allait être obligé de se prononcer; et, si le comte n'arrivait pas à point pour enlever la nomination au nom de l'Impératrice, un troisième larron pouvait survenir et se faire adjuger la sous-direction si ardemment convoitée. Cette pensée lui mettait du feu dans les veines et il s'échauffait tellement en son pardedans, que sa chemise mouillée lui collait sur le dos.

— Oui, s'écriait-il, puisque vous demandez des arrhes, je suis en mesure de vous en donner de précieuses, en vous révélant une particularité connue de moi seul et dont vous pourrez tirer parti victorieusement pour déterminer l'abandon de l'instance Froideville.

— Je vous écoute, monsieur, dit flegmatiquement M. d'Entrevernes en croisant les jambes et en s'accoudant à son fauteuil.

— Monsieur le comte, reprit Perceval en s'épongeant le front, l'affaire qui vous intéresse est menée sous main par un jeune rédacteur attaché à ma division et qui se nomme Jacques Marly.

— Marly! interrompit le secrétaire des commandements, attendez-donc : un assez joli garçon, svelte, élancé, avec des yeux bleus et une barbe noire frisée? Je le connais, je l'ai rencontré chez les Sombernon, et c'est à ce beau monsieur que je dois le rejet de mes offres de transaction?

— Précisément; il est le conseil de vos adversaires: c'est lui qui était chargé, dans le principe, d'etudier le dossier Froideville, et c'est lui qui a fourni aux journaux ces maudites notes qui ont modifié d'une façon si fâcheuse l'opinion du ministre. Je l'ai fait surveiller et j'ai maintenant la certitude de sa coupable intervention.

— Convenez, objecta ironiquement le comte, que vous êtes bien mal servi par vos agents!

— Jacques Marly, poursuivit Perceval, a été détourné de ses devoirs par les beaux yeux de Mlle Sombernon. Elle est très jolie, comme vous avez dû vous en apercevoir; il est fort épris d'elle et, de son côté, la jeune fille l'aime passionnément. En puisant dans le dossier de l'Administration les renseignements et les arguments qu'il a fournis aux adversaires du Trésor, M. Marly s'est compromis gravement, il est passible d'une peine disciplinaire et, dès demain, un arrêté directorial pourrait le révoquer ou tout au moins le reléguer en province. Eh bien, monsieur le comte, allez trouver Mlle Sombernon, apprenez-lui que, à cause d'elle son amoureux se voit menacé dans sa position actuelle et dans son avenir. Effrayez-la, peignez la situation sous les couleurs les plus noires. Attaquez la fibre du sentiment, et, en faisant savamment vibrer cette corde, vous obtiendrez de la jeune fille tout ce que vous n'avez pas pu obtenir avec de l'argent.

— Et voilà votre précieux conseil? demanda M. d'Entrevernes.

Il s'était levé avec un haussement d'épaules et se promenait en sifflotant impertinemment, tandis que Perceval le regardait interloqué.

— Oui, monsieur, répondit ce dernier en se levant à son tour.

— Ah! çà, reprit le comte, pirouettant sur ses talons, mon cher monsieur Perceval, vous me jugez bien naïf, ou vous êtes bien naïf vous-même, pour croire que je vais donner dans un pareil *godant*! Comment! voilà une jeune fille qui a refusé de transiger pour deux cent mille francs en bel argent comptant, et vous vous imaginez qu'elle va lâcher une proie aussi belle que la succession Froideville, pour les beaux yeux de M. Jacques Marly? Allons donc, on voit de ces cœurs primitifs et désintéressés dans les contes bleus, mais dans la réalité il n'y en a pas!

— Pardon, monsieur le comte, répliqua gravement Perceval, il y en a! Il ne faut pas juger l'humanité tout entière d'après des gens comme vous et moi... Nous sommes arrivés à un âge où on calcule froidement et où on estime les questions de sentiment à leur juste valeur... D'ailleurs, ni vous ni moi, trop absorbés par des préoccupations ambitieuses, n'avons peut-être jamais été sérieusement amoureux; mais l'amour n'en existe pas moins sur la terre, c'est un fait, et ce n'est pas un fait négligeable... L'amour est un mobile tout aussi puissant que l'ambition. S'il n'y avait pas des cœurs naïfs, aimants et crédules, monsieur le comte, le métier d'ambitieux serait trop difficile.

A mesure que Perceval s'échauffait en parlant, M. d'Entrevernes l'écoutait avec plus d'attention et d'étonnement. Il était frappé de découvrir dans l'esprit d'un simple chef de bureau plus de perspicacité et de profondeur qu'il n'en avait soupçonné.

— Au fait, murmura-t-il en se rasseyant, vous pourriez être dans le vrai. Vous êtes très fort, monsieur Perceval, beaucoup plus fort que je ne croyais! Tout bien réfléchi, je tenterai une nouvelle démarche auprès de Mlle Sombernon: mais en lui faisant connaître la situation fâcheuse où s'est mis le jeune Marly, et afin d'agir plus efficacement sur son cœur, j'aurais besoin de m'appuyer sur une décision administrative; m'autorisez-vous à lui parler en votre nom de la révocation imminente de son amoureux?

— Parfaitement; je suis prêt même à vous écrire dans ce sens une lettre que vous pourrez montrer. Toutefois, insinua adroitement Perceval, pour que cette menace ne soit pas vaine et pour que je puisse sévir contre M. Marly, n'oubliez pas, monsieur le comte, qu'il faut que je sois nommé sous-directeur.

— Vous le serez, monsieur; les hommes de votre valeur ont leur place marquée dans les sphères supérieures de l'Administration! Le gouvernement de l'Empereur ne peut que gagner en favorisant l'élévation de gens comme vous, capables de le comprendre et de le servir intelligemment.

Tandis que Perceval et le comte spéculaient impitoyablement sur l'amour présumé de Thérèse pour Jacques Marly et songeaient à le faire servir, l'un à son ambition, l'autre à la consolidation de sa fortune, les deux amoureux n'avaient pas encore osé s'avouer cette tendresse qui allait servir d'enjeu à la partie engagée contre Dubrac. Le soir même du jour où le chef des Instances avait rendu visite à M. d'Entrevernes, Mlle Sombernon et Jacques, accoudés au balcon du cinquième de la rue de Fleurus, regardaient le crépuscule tomber sur le Luxembourg. Le bonhomme Sombernon avait été appelé de l'autre côté de l'eau par une lettre de ses compatriotes, qui arrivait de Marnay et qui avait de l'argent à lui remettre. Les deux jeunes gens étaient restés seuls sur l'étroit balcon encombré par les pots de fuchsias couverts de clochettes rouges, et les citronnelles qui exhalaient leurs salubres et toniques odeurs dans l'air tiède,

— L'affaire, disait Jacques, prend de plus en plus une bonne tournure; avant huit jours, M. Dubrac sera nommé sous-directeur, et alors il obtiendra facilement et promptement une solution favorable. La fin de l'année vous verra certainement remise en possession de votre nom et de votre fortune.

— Ce sera tellement beau que j'ose à peine y croire. Ces longues journées d'attente et d'inquiétude me rendent malade et je voudrais être plus vieille de six mois!

— Hélas! soupirait Jacques, moi au contraire, maintenant que je suis presque sûr du succès, je voudrais voir se traîner plus lentement les jours où je puis encore vous être utile à quelque chose. Après vous partirez et je ne serai plus rien pour vous,

— J'espère bien que vous ne croyez pas un mot de ce que vous dites, s'écriait Thérèse. Si j'ai hâte de voir arriver le moment où nous serons fixés sur notre situation, c'est que je me réserve, à ce moment-là, de vous confier un projet que j'ai formé.... et qui vous intéressera peut-être.

— Un projet... dont je serai?

— Oui, un rêve, un château en Espagne.

— Confiez-le-moi tout de suite.

— Non, mon père vous en parlera en temps et lieu. Jusque-là, résignons-nous à subir de compagnie les ennuis de l'attente.

— Oh! je me résigne volontiers, murmura-t-il, jamais je n'ai eu un été aussi heureux!

Elle ne répondit pas. Les yeux perdus dans la contemplation du ciel étoilé, elle se contentait de savourer intérieurement la tendresse infusée, comme une fondante liqueur, dans ces simples mots prononcés d'une voix sourde. Lui, pendant ce temps, admirait l'humide éclat des sombres yeux de Thérèse, illuminés par un reflet d'étoile; et, comme elle, il se taisait.

— Il est tard, dit doucement Thérèse, et il faut vous sauver. Bonsoir, et à bientôt, n'est-ce pas?

— Oui, à bientôt. Comme vos citronnelles embaument! Laissez-moi les respirer encore une minute, afin d'en emporter au moins le parfum avec moi.

— Emportez-en plusieurs brins, cela vaudra encore mieux! Attendez, je vais vous les cueillir.

Elle fourrageait rapidement dans l'arbuste, brisait d'un doigt nerveux les tiges odorantes, et, tout en riant, passait elle-même le mince bouquet dans la boutonnière de Jacques, qui balbutiait, tout troublé :

— Merci. Vous êtes adorablement bonne, mademoiselle Thérèse, et je... je...

— Vous allez prendre votre chapeau et partir. Songez donc, il est plus de neuf heures!

— Oui, oui, bonsoir, mademoiselle. Je pars. Donnez-moi la main.

Il y eut alors un long serrement de main qui ne se dénoua que lorsqu'on ouvrit la porte de l'antichambre, et se renoua encore tendrement sur le palier. Enfin, Thérèse dégagea lentement ses doigts prisonniers, et lentement Jacques descendit les cinq étages.

VI

— Mon cher camarade, disait confidentiellement Deshorties à Marly, nous pouvons nous frotter les mains, je crois que Dubrac tient son affaire. Entre nous, la nomination de notre ami est à la signature, et nous pourrons, dans une huitaine, aller féliciter le nouveau sous-directeur.

La figure du sous-chef s'épanouissait à mesure qu'il parlait, et un rayon de soleil, venu de la fenêtre entr'ouverte, illuminait encore davantage sa physionomie bourrue.

— Ce qui sera amusant, continua-t-il en trempant sa plume dans l'encrier, ce sera de voir la tète de Couturier! Ça me mettra du baume dans le cœur, et je vous avoue que j'en ai besoin pour supporter toutes les inepties dont je suis témoin et complice. Toujours le dossier des *chats*, mon cher! Je couche dessus! Il y a une nouvelle complication, maintenant : je ne sais si je vous ai dit que ces deux pensionnaires sont mâle et femelle. Voilà-t-il pas que le vétérinaire, chargé de visiter les deux animaux, nous apprend officiellement que la chatte est dans une position intéressante et qu'elle va mettre bas un de ces jours! Là-dessus, mon Couturier est pris de nouveaux scrupules. Il rédige note sur note pour examiner si, au cas où les petits chats naîtraient viables, le bénéfice du legs fait à leurs auteurs pourrait s'étendre à toute la nichée, et il nous consulte sur cette grave difficulté. Je lui ai répondu en charge, dans une contre-note, qu'avant tout il serait bon de s'assurer, vu la légèreté du sexe en général, et des chattes en particulier, si les petits chats n'étaient pas le produit d'un commerce adultérin. Figurez-vous qu'il a donné là dedans, et qu'il a étudié sérieusement la question dans une nouvelle note envoyée à Perceval! Celui-ci, qui n'est pas un sot, s'est fâché tout rouge et m'a flanqué une perruque. Voilà, mon brave, les niaiseries auxquelles je passe mon temps! Heureusement, Dubrac mettra ordre à tout ça dès qu'il sera sous-directeur, et j'espère que nous n'aurons pas longtemps à attendre.

La conviction de Deshorties était partagée par la plupart des employés. Dans chaque bureau, on s'attendait à la très prochaine nomination de Dubrac et, sur son passage, le chef du personnel ne récoltait que des sourires. Lorsqu'il traversait son antichambre, les deux garçons de bureau se levaient déjà respectueusement, marque de déférence qu'ils n'accordaient, d'ordinaire, qu'au directeur général et aux sous-directeurs.

Ce matin, Dubrac, léger comme une plume, était arrivé de bonne heure au ministère sur l'impériale de l'omnibus du chemin de fer de Sceaux. Il habitait Fontenay-aux-Roses pendant l'été, et se levait à la fine pointe du jour. Le beau temps, le grand air et surtout la perspective de se voir bientôt assis dans un fauteuil de sous-directeur, lui donnaient une merveilleuse élasticité et comme un regain de jeunesse. Il grimpa l'escalier en sifflotant, traversa l'antichambre où chacun le saluait au passage, et entra comme une trombe dans son cabinet, soigneusement aéré et épousseté par Mordillat, son garçon de bureau. Il n'y était pas depuis un quart d'heure, quand le même Mordillat reparut en tendant au chef du personnel un carré de papier, sur lequel un nom était écrit en caractères allongés et menus.

— C'est une dame, ajouta onctueusement Mordillat, qui avait des airs béats de sacristain; monsieur le chef du personnel veut-il la recevoir?

Dubrac jeta un coup d'œil sur le carré de papier et lut : « Mlle Angèle Pêche. » Le nom ne lui apprenait rien; mais pour ce chevaleresque fonctionnaire une dame, et surtout une demoiselle, avait toujours droit à des égards.

— Certainement! s'écria-t-il.

L'instant d'après Mlle Pêche faisait son entrée, une entrée savamment préparée et supérieurement exécutée. Tandis que la porte se refermait sur elle, l'ingénue, les paupières baissées, hasarda trois pas timides, puis s'arrêta rougissante et jeta autour d'elle un regard étonné, suppliant et câlin. Elle avait docilement et intelligemment suivi les prescriptions de Lafontan; sa tenue était à la fois modeste en apparence et très soignée dans le détail : une toilette de solliciteuse honnête, qui veut être respectée, mais qui a de l'élégance et du goût. La robe, de cachemir brun uni, moulait étroitement le buste, les épaules et les bras; un petit mantelet d'étoffe pareille, aux bouts ramenés et noués par derrière, accusait encore les moelleuses rondeurs de la poitrine et des hanches; un col plat, très blanc, dégageait avec art le cou flexible et délicat; un coquet chapeau de velours brun, orné d'une touffe d'oreilles d'ours, laissait admirer suffisamment les torsades dorées du chignon, les crêpelures blondes des bandeaux et deux mignonnes oreilles modelées à miracle. Aucun bijou; des gants du même ton que la robe; une voilette brune descendant jusqu'au niveau des lèvres et au travers de laquelle luisaient deux grands yeux bleus humides. Cet ensemble élégant et sévère faisait magistralement ressortir la printanière et attirante fraîcheur d'un visage à l'expression hypocritement virginale et coquinement spirituelle. Dès le premier coup d'œil, Dubrac eut un tressaillement admiratif et un enthousiaste écarquillement d'yeux, qui n'échappèrent pas à la futée Mlle Pêche.

— Monsieur, balbutia-t-elle. Puis elle s'arrêta, comme intimidée.

— Remettez-vous, mademoiselle, remettez-vous, je vous en conjure! s'exclama Dubrac de sa voix la plus veloutée. En même temps il enlevait impétueusement un fauteuil, le transportait à deux pas du sien et, avec des gestes arrondis et assouplis, il invitait Angèle à s'y asseoir.

Elle obéit et, dans le mouvement qu'elle fit

pour arranger sa jupe, Dubrac aperçut deux pieds finement chaussés de souliers couleur hanneton et de bas de soie bruns à coins bleus.

— Parlez sans crainte, mademoiselle, reprit-il, expliquez-moi l'objet de votre visite. Je vous écoute avec la plus religieuse attention.

— Monsieur, commença-t-elle d'une jolie voix bien détachée, pardonnez-moi mon embarras. Je suis si peu habituée aux démarches du genre de celle que je fais en ce moment, que je suis toute confuse. Je viens solliciter votre bienveillance pour mon père qui a été commis dans vos bureaux, et qui se nomme Antoine Pêche.

— Pêche? répéta Dubrac; oui, je me rappelle maintenant, il était à la troisième division; ne jouit-il pas d'une pension de retraite?

— Parfaitement, monsieur, il a été mis à la retraite exceptionnellement, pour cause de santé, mais sa pension est très modique. Douze cents francs, et c'est un peu maigre, quand on est chargé de famille; aussi mon père a-t-il adressé à M. le directeur général une demande de secours, que je me permets de vous présenter

En même temps elle tirait d'un carnet une pétition qu'elle dépliait et que Dubrac s'empressait de prendre.

— Mademoiselle, s'écria-t-il, je mettrai moi-même votre demande sous les yeux de M. le directeur général! Malheureusement nos ressources sont bien modestes. Mais je vous promets de recommander tout particulièrement une supplique présentée par une personne aussi... intéressante. Votre père a-t-il beaucoup d'enfants?

— Trois, monsieur. Et elle ajouta avec une oblique œillade : « C'est moi qui suis la plus vieille.

— Vieille! se récria-t-il galamment, c'est un vilain mot et qui n'a aucun sens dans votre bouche. Vous êtes encore une enfant.

— J'ai dix-huit ans, et j'ai déjà fait l'apprentissage des difficultés de la vie. Quand on est pauvre comme nous, il faut songer à travailler pour soutenir la famille, et j'ai dû déjà me préoccuper du choix d'une profession.

— Laquelle avez-vous choisie? demanda Dubrac avec un intérêt croissant.

— Le théâtre, répondit-elle en baissant les yeux. Elle prit un temps, puis elle poursuivit, avec un sourire qui creusa de délicieuses fossettes dans ses joues : Je suis élève du Conservatoire, classe de comédie.

Les yeux du chef de personnel s'écarquillèrent de nouveau et en même temps sa tête commença à se monter. Comédienne! A dix-huit ans! Et avec cela jolie, simple, modeste et sage peut-être. Sage, pourquoi pas? Avec ces yeux purs, à l'expression si naïve; avec cette voix argentine, cet air candide, elle devrait être honnête. Honnête et tendre, une Marguerite avant la rencontre de Faust; un lis vierge et blanc, poussé au beau milieu de la corruption du théâtre! Plus il la regardait, plus il la trouvait intéressante, et plus il se sentait poussé par sa manie éducatrice à lui offrir quelques conseils paternels mêlés à des effusions platoniquement affectueuses.

— Le théâtre, déclama-t-il en se rapprochant d'Angèle, ah! mon enfant, quelle carrière à la fois tentante et périlleuse! Les fleurs à deux pas de l'abîme, la roche Tarpéienne à côté du Capitole ; ici, les hauts sommets de la poésie pure ; là, les boueux terre-à-terre et les brutalités cyniques du réalisme moderne. Oh ! le théâtre ! Être Rachel ou une infime cabotine Voilà la question, le *to be or not to be* que doit se poser, au début, une jeune artiste ! Il n'y a qu'un moyen d'échapper à la dernière et avilissante alternative, c'est de se vouer au grand art. Et je lis dans vos yeux, mademoiselle, que c'est ce noble chemin que vous avez choisi.

Tandis qu'il parlait, Mlle Angèle Pêche étudiait du coin de l'œil ce singulier chef de bureau et réprimait à grand'peine une chatouillante envie de rire.

— Le grand art, répondit-elle sournoisement, oui, je m'y essaie, mais c'est bien difficile et je tâtonne encore.

— Et vous restez fidèle au vieux répertoire, j'espère? reprit naïvement Dubrac; Molière, voyez-vous, mon enfant, est le maître des maîtres!

— Oui, monsieur, j'étudie précisément le rôle de *Psyché*.

— *Psyché*, s'écria Dubrac en s'échauffant, quel chef-d'œuvre ! Quel poète a jamais mieux rendu les pudeurs et les suavités de l'amour chaste qui s'éveille ?

Il s'était levé et déclamait :

« A peine je vous vois que mes frayeurs cessées
Laissent évanouir l'image du trépas,
Et que je sens courir dans mes veines glacées
Un je ne sais quel feu que je ne connais pas...

— Quelle musique et quel charme attendri, n'est-ce pas ?

— Oui, c'est très beau, repartit Angèle en lui coulant une œillade douce comme miel. Et ceci? ajouta-t-elle en continuant la tirade.

Plus j'ai les yeux sur vous, plus je m'en sens charmer
Tout ce que j'ai senti n'agissait point de même,
Et je dirais que je vous aime,
Seigneur, si je savais ce que c'est que d'aimer.

En même temps, elle l'assassinait de regards langoureux, puis subitement baissait les yeux et faisait palpiter sa poitrine. Dubrac commençait à flamber. Il oubliait qu'il était au ministère, il ne savait plus où il se trouvait et s'incarnant de plus en plus dans son rôle, il repartait en saisissant tendrement les mains de son interlocutrice :

Ne les détournez point, ces yeux qui m'empoisonnent,
Ces yeux tendres, ces yeux perçants, mais amoureux,
Qui semblent partager le trouble qu'ils me donnent.
Hélas ! plus ils sont dangereux,
Plus je me plais à m'attacher sur eux.

Tout en déclamant, il la regardait, et Angèle, loin de détourner ses yeux, les fixait voluptueusement sur Dubrac de façon à lui donner le vertige ; ses mains serraient furtivement celles de l'enthousiaste bureaucrate, et, avec des roucoulements de tourterelle, elle murmurait d'une voix étouffée :

« Vous soupirez, seigneur, ainsi que je soupire,
Vos sens comme les miens paraissent interdits,
C'est à moi de m'en taire, à vous de me le dire,

(puis avec un œil mourant et une câlinerie irrésistible :)

Et cependant c'est moi qui vous le dis...

— Adorable enfant ! balbutiait Dubrac, transporté au septième ciel, vous m'enchantez et vos yeux me font perdre la raison ; est-ce Psyché que j'entends ou est-ce vous ?

Il soulevait les petites mains de l'ingénue et les baisait impétueusement. Angèle, comme vaincue par cette caresse, fermait les yeux à demi, renversait sa tête sur l'épaule de l'inflammable quadragénaire, et soupirait :

Que faites-vous ? Ah ! ma tête tourne. Je suis comme étourdie.

Et, tout en soupirant, elle s'abandonnait pâmée dans les bras de Dubrac. « Mâtin ! songeait-elle intérieurement, si Lafontan m'a trompée, je joue gros jeu, moi, et Dieu sait comment ça va finir ! » Entre ses cils croisés, elle essayait d'examiner la figure de son amoureux. Elle faillit éclater de rire à la vue de la physionomie perplexe, ahurie et décontenancée du chef du personnel. En sentant dans ses bras le corps élastique et potelé de cette jolie fille, Dubrac était subitement devenu très pâle. Pour un admirateur aussi passionné qu'il en avait eu l'air, c'était le moment d'oser. Et il n'osait rien, non, pas même effleurer de ses lèvres, cette bouche exquise, qui s'ouvrait à demi pour laisser passer un petit souffle et pour laisser voir une rangée de dents blanches et mouillées. Dubrac n'était pas l'homme des entreprises audacieuses. Son cerveau seul flambait, et le reste de sa personne se glaçait rien qu'à l'idée de faire succéder l'action au rêve. Un froid lui courait dans le dos, ses bras tremblaient sous la pression de ce corps charmant qu'il contemplait avec un effarement comique. Dans son désarroi, il ne trouva rien de mieux que de déposer Angèle dans son propre fauteuil.

— Quel idiot ! se disait l'ingénue en son pardevant, ah ! çà, il est en bois ! Lafontan avait raison.

Pendant ce temps, Dubrac adressait à la jeune fille de tendres et paternelles supplications :

— Revenez à vous, chère enfant ! Prenez garde, nous sommes ici dans une maison de verre. Ne vous compromettez pas !

Il fut interrompu dans ses objurgations par le craquement de la porte d'entrée, qu'entr'ouvrait le garçon de bureau.

— Il y a dans l'antichambre un député qui désirerait parler à M. le chef du personnel, annonça béatement Mordillat, dont la figure poupine exprima une dévote stupéfaction à la vue de cette demoiselle, étendue dans le fauteuil du chef.

Il tendit à Dubrac effaré la carte du député, et celui-ci, perdant de plus en plus son sang-froid, le poussa brusquement dehors en bredouillant :

— C'est bien. Priez ce monsieur d'attendre. Je suis à lui dans cinq minutes !

Pendant ce temps, Angèle rouvrait les yeux, défripait sa robe et rajustait sa coiffure.

— Mon enfant, s'écria Dubrac, comment vous trouvez-vous ? Chère imprudente, dans quel trouble vous m'avez jeté ! Et galamment, chevaleresquement, il essayait de lui reprendre les mains. Mais elle s'était levée, confuse, les yeux humides, et le repoussait d'un geste pudibond.

— Ah ! monsieur, murmurait-elle d'un ton plein de reproches, qu'avez-vous fait ? Quel jugement allez-vous porter sur moi ? Je ne suis pas ce que vous croyez. Je ne suis qu'une pauvre fille uniquement préoccupée de l'avenir de son père. En venant ici, je ne songeais qu'à implorer votre bienveillance, et m'en voilà bien punie, puisque je me suis exposée à voir interpréter mon innocente démarche dans un sens... si coupable. Ah ! rien que d'y penser, le rouge me monte aux joues. Adieu, monsieur !

Et avec un mouvement plein de virginale pudeur offensée, elle se dirigeait vers la porte. Dubrac courut à elle, les mains jointes, et lui barra le chemin. Du moment qu'il était convaincu d'avoir affaire à une fille honnête, étourdiment naïve, et que les choses rentraient de nouveau dans le domaine de l'idéalité pure, son imagination recommençait à flamber. Il ne voulait pas laisser cette adorable créature sous une fâcheuse impression. Une poétique chimère s'emparait de son esprit romanesque : il rêvait maintenant de devenir le Pétrarque de cette sémillante Laure de Nove.

— Ne parlez pas ainsi ! supplia-t-il, je vous jure que le plus léger soupçon n'a pas effleuré ma pensée et que je vous crois aussi pure que la neige. Permettez-moi de m'occuper de vos intérêts avec un zèle tout fraternel, une tendresse pure et fervente. Je vous aime !

— Monsieur, interrompit-elle avec dignité, pas un mot de plus ! Laissez-moi partir !

— Non, protesta-t-il, ne me quittez pas encore ! Ayez confiance dans mon affection à la fois amicale et ardente. Promettez-moi que je vous reverrai !

— Ici, monsieur ? jamais ! N'est-ce pas assez déjà que votre garçon de bureau ait été une fois témoin de ma faiblesse et de ma confusion ?

— Eh bien, insista Dubrac, qui se renflammait à mesure qu'elle redoublait de pruderie, ailleurs ! où vous voudrez !

— Ailleurs, s'exclama-t-elle indignée, et où donc, monsieur ? Dans un lieu public ? Ce serait pis encore ! Non, non ; oublions l'un et l'autre un moment d'étourderie et disons-nous adieu.

En même temps, elle lui tendait la main et serrait doucement la sienne.

— Cruelle enfant ! soupira Dubrac, permettez-moi au moins de vous écrire !

— Il le faut bien, répliqua-t-elle avec une jolie moue, puisque j'ai besoin de connaître le sort de la pétition de mon père. Soit, écrivez-moi poste restante au bureau de la rue d'Enghien.

— Et vous me répondrez ?

— Jamais !

— Je vous en supplie ?

— Eh bien, oui, si vous êtes sage et si vous m'annoncez vite que la demande de mon père est accordée.

— Vous aurez de mes nouvelles dès demain.

Elle avait entr'ouvert la porte, elle lui glissa dans les mains comme une couleuvre et disparut.

La vertueuse sortie d'Angèle acheva d'incendier le cerveau de Dubrac. La mignonne et futée Mlle Pèche réunissait toutes les qualités nécessaires pour passionner un idéaliste comme Anatole Dubrac, chez lequel le développement excessif de l'imagination avait atrophié tout ce qui restait de sensualité charnelle. Jeune et jolie, naïve et sensible, comédienne et honnête, elle avait tout pour devenir l'héroïne des platoniques amours du chevaleresque chef du personnel. Il se voyait déjà le Saint-Preux de cette admirable écolière, et il préparait d'avance un plan d'éducation de cette vierge sage, dont il serait l'ami spirituel, le directeur à la fois respectueux et tendre. Il se procura le dossier du sieur Pèche, annota la pétition, courut les bureaux, et n'eut de cesse que lorsqu'il eut fait inscrire le père de la jeune artiste sur la liste des agents qui devaient être prochainement secourus.

Le soir même, il annonça cette bonne nouvelle à Angèle Pèche, dans une lettre qui était un chef-d'œuvre de lyrisme à la fois chaste et brûlant. Si Dubrac agissait peu, il écrivait longuement et passionnément. Après avoir informé la jeune fille du succès de ses démarches, il lui déclarait de nouveau son pur amour et la suppliait d'avoir confiance en lui : « Qu'avez-vous à craindre de moi ? s'écriait-il ; ne vous ai je pas prouvé déjà combien mon adoration était respectueuse ? Quand, ce matin, dans mon cabinet, je vous ai tenue dans mes bras, j'aurais pu abuser de votre trouble et de votre inexpérience pour vous couvrir de baisers, mais j'ai résisté à la tentation, j'ai respecté l'exquise enveloppe d'une âme charmante, je me suis contenté de respirer le parfum de votre innocence, sans en froisser la fleur. Ne sont-ce pas là des gages d'un véritable amour fait de vénération et d'admiration, dégagé des grossières préoccupations de la matière ?

Il y en avait huit pages sur ce ton. Cette lettre exubérante étant restée sans réponse, fut suivie deux jours après d'une épître encore plus dithyrambique et plus passionnée. Après avoir ri aux larmes à la lecture de la prose chastement incandescente de Dubrac, Angèle Pèche s'empressa d'envoyer cette correspondance à Lafontan, et celui-ci, à son tour, dès qu'il fut en possession des preuves de l'angélique vertu du chef du personnel, s'empressa d'aller trouver La Fresnais.

— Mon cher, lui dit-il, si vous le voulez bien, nous dînerons ce soir ensemble chez Voisin... à vos frais naturellement ; mais je payerai mon écot en vous communiquant deux lettres édifiantes qui vous démontreront que « la chaste Suzanne » n'a pas volé son surnom.

Désiré de La Fresnais, après avoir retenu dans la journée un salon chez Voisin, arriva tout affriolé à l'heure du rendez-vous, et trouva Lafontan en train de dresser un menu aussi plantureux qu'artistement combiné.

— Mon petit, s'écria gaiement le journaliste, dès que le maître d'hôtel se fut éclipsé, donnant donnant, lisez les deux pièces d'éloquence que voici et vous verrez que j'ai dûment gagné le dîner que vous allez m'offrir.

En même temps il tira de sa poche les deux épîtres de Dubrac, encore encloses dans leur enveloppe portant le timbre du bureau de la rue d'Enghien.

— Seulement, ajouta prudemment Lafontan, ceci doit rester entre vous et moi ; je serais désolé que cette charge pût nuire en quoi que ce soit à Dubrac, et dès que vous aurez lu ces deux documents, nous les brûlerons, séance tenante.

Cela ne faisait pas l'affaire de La Fresnais. Il prit les lettres et, les pliant négligemment, les insinua dans la poche de son gilet.

— Bah ! répondit-il en déployant sa serviette, dînons d'abord. Nous les lirons au dessert ; ce sera bien plus amusant !

Il jeta un coup d'œil sur le menu ; Lafontan avait bien ordonné les choses : potage bisque, crevettes, truite sauce verte, perdreaux rôtis, écrevisses en buisson et bombe à l'ananas ; bourgueil comme vin ordinaire, château-Yquem comme vin d'extra. La Fresnais, magnifique jusqu'au bout, y ajouta encore une bouteille de corton et de champagne. Son intention était de griser noblement son convive et de lui faire oublier ainsi l'importante question de la restitution des lettres. Pour arriver à ce résultat, il procéda avec une habileté et un art au-dessus de tout éloge. Ayant déjà eu l'occasion de remarquer que les gens très expansifs se grisent autant en parlant qu'en buvant, il excita la verve de son compagnon, lui fit conter toute une série d'histoires de théâtre et d'indiscrétions mondaines ; puis il le mit sur le chapitre de ses bonnes fortunes, et le Gascon ne tarit plus. Au dessert, il était complètement parti, et s'entêtait à emmener La Fresnais aux *Variétés* où il avait ses entrées. Celui-ci feignit d'y consentir ; mais, dès qu'ils furent en voiture, Lafontan, doucement bercé par le roulis du fiacre, s'endormit profondément. Alors La Fresnais héla le cocher, le paya, lui indiqua l'adresse du journaliste et descendit, en donnant l'ordre de conduire le dormeur à son domicile.

Ceci réglé, il passa rapidement les ponts, regagna en hâte la modeste chambre qu'il occupait rue Saint-André-des-Arts et s'occupa, tout d'abord, de déchiffrer les deux lettres de Dubrac. Un sourire de satisfaction courut sur ses lèvres minces, dès qu'il eut achevé cette intéressante lecture.

— Ces deux chiffons de papier me coûtent six louis, se dit-il, mais, vrai ! j'en ai pour mon argent !

Il s'arma d'une paire de ciseaux, prit un vieux journal et y découpa adroitement des lettres en nombre suffisant pour former un alphabet, puis à l'aide de ces caractères d'imprimerie minutieusement collés sur une feuille de papier blanc, il composa le billet suivant :

« On communique au ministre deux autographes intimes de M. Dubrac, chef de bureau. Son Excellence verra à quelle galantes occupations cet agent consacre ses heures d'audience. *Nota* : La demoiselle est mineure et fille d'un ancien commis. »

La Fresnais, en homme de précaution, s'était procuré à l'avance une enveloppe imprimée, à l'adresse du ministre, et portant à l'un des angles le mot : personnelle ». Il y inséra son billet, ainsi que les deux épîtres de Dubrac, ferma l'enveloppe à la gomme et alla jeter le tout à la boîte de l'hôtel des Postes.

Le lendemain, le chef du cabinet, en ouvrant le courrier réservé, tomba sur cet envoi anonyme, et s'empressa de le mettre sous les yeux de Son Excellence. Justement le ministre avait reçu la veille, par l'entremise du comte d'Entrevernes, une note émanant de l'Impératrice et appelant son attention sur M. Perceval, « un agent très méritant, dont on verrait avec plaisir, aux Tuileries, la nomination au poste de sous-directeur ». Son Excellence était fort embarrassée ; aussi la lecture de cette dénonciation anonyme lui causa-t-elle plus de surprise que de déplaisir. Les lettres communiquées étaient simplement signées : *Anat le D...*, mais l'écriture de Dubrac était connue au ministère et, d'ailleurs, ces épîtres amoureuses contenaient des détails tellement circonstanciés qu'il était impossible de leur dénier un caractère authentique.

Le ministre fit appeler le secrétaire général et lui mit en main les pièces délictueuses :

— Mon cher, s'écria-t-il en jouant l'indignation, voilà ce qui se passe dans mes bureaux et voilà les gens que vous me recommandez pour un poste de confiance ! Heureusement que rien n'est officiel encore. Donnez des ordres immédiats pour qu'on ajourne l'expédition de l'arrêté et venez ensuite conférer avec moi.

VII

Dès que le comte d'Entrevernes eut préparé les voies de façon à assurer autant que possible le succès de la candidature Perceval, il n'hésita plus à se présenter de nouveau chez Mlle Sombernon. Seulement, il comprit la nécessité de s'assurer d'abord que Thérèse serait seule chez elle, lorsqu'il lui rendrait visite. Il savait déjà, par les renseignements de l'agence, que Sombernon s'absentait chaque jour après son déjeuner et consacrait son après-midi à des courses d'affaires. Il guetta la sortie quotidienne du bonhomme et, quand il l'eut vu cheminer sous les marronniers du Luxembourg, il se hâta de monter chez Mlle Sombernon.

Ce fut Thérèse qui accourut à son coup de sonnette. A la vue du comte, la jeune fille ne put réprimer un mouvement d'irritation. Un éclair de méfiance passa dans ses yeux et, tenant la porte entre-bâillée, de façon à la fermer le plus vite possible au nez de ce désagréable visiteur, elle dit d'une voix brève :

— Mon père n'est pas à la maison, monsieur

— Je le sais, mademoiselle, répondit M. d'Entrevernes de son ton le plus aimable, en redoublant de façons courtoises ; mais ce n'est pas à monsieur votre père, c'est à vous que je désire avoir l'honneur de parler.

— A moi, monsieur ? s'écria-t-elle avec une expression inquiète.

— Oui, mademoiselle. Et comme il s'agit d'une affaire urgente, qui vous intéresse tout particulièrement, je vous serais reconnaissant de vouloir bien m'accorder sur-le-champ un moment d'entretien.

Thérèse regarda le comte avec effarement, puis, se décidant à lui livrer passage ; Veuillez entrer, monsieur le comte, murmura-t-elle. Elle l'introduisit dans la petite pièce qui lui servait à la fois de salon et d'atelier, et lui désigna un siège.

— Je vous écoute, monsieur, reprit-elle, après que M. d'Entreverne eut d'un geste refusé le fauteuil qui lui était offert.

— Mademoiselle, commença-t-il, j'ai eu le plaisir de rencontrer chez vous un jeune rédacteur attaché au ministère, qui se nomme Jacques Marly, si j'ai bonne mémoire.

Au nom de Jacques, Thérèse tressaillit malgré elle, et sa physionomie prit une expression anxieuse qui n'échappa point à son interlocuteur.

— Oui, monsieur, répondit-elle d'une voix moins ferme, M. Marly est notre ami.

— Et il s'occupe activement de vos affaires, n'est-ce pas ?

— Oui, monsieur, il a bien voulu nous donner quelques conseils.

— Et comme il est votre ami, poursuivit le comte, vous vous intéressez à lui ?

— Pardon, monsieur, interrompit Thérèse, inquiète à la fois et blessée de cette sorte d'interrogatoire, je ne m'explique pas le motif de toutes ces questions.

— Attendez, répliqua M. d'Entreverne avec la même imperturbable politesse, il m'est indispensable de savoir si vous portez quelque intérêt à ce jeune homme, car, au cas de la négative, je n'aurais qu'à vous présenter mes excuses et à me retirer.

— M. Marly est notre ami, dit Thérèse, qui ne put s'empêcher de rougir, et comme vous l'avez compris vous-même, cela suffit pour que nous nous intéressions à tout ce qui le concerne. De quoi s'agit-il, monsieur ? reprit-elle avec un redoublement d'anxiété, parlez plus clairement, je vous en prie !

— M. Marly s'est compromis gravement, et sa position administrative est menacée.

Thérèse Sombernon était devenue très pâle. ses lèvres froides frémissaient sans pouvoir articuler une parole, et ses yeux humides regardaient vaguement le comte.

— Sa position... est menacée ? balbutia enfin Thérèse d'une voix faible.

— Oui, répéta-t-il, et menacée à cause de vous, mademoiselle.

Il s'arrêta un moment pour étudier l'effet du coup qu'il venait d'asséner, et fut stupéfait luimême de l'altération rapide et profonde qu'avait subie le pur et charmant visage de Mlle Sombernon. Elle avait l'immobilité d'une blanche statue de la Désolation et, au milieu de sa douleur, elle était si attrayante que M. d'Entrevernes, malgré ses soixante ans, en eut comme un frissonnement dans sa chair.

— A cause de moi ? murmura-t-elle navrée, tandis que des sanglots lui emplissaient la gorge ; ô mon Dieu, comment cela se peut-il ?

— M. Marly, poursuivit le comte, poussé sans doute par le vif désir de vous être utile, a abusé d'un dossier administratif qui lui était confié, pour communiquer aux journaux et à votre avoué des renseignements qui n'auraient jamais dû sortir de son bureau. Il a ainsi manqué gravement au devoir professionnel. Je tiens ces détails d'un chef du ministère, qui sera demain le sous-directeur de M. Marly, et qui ne parle rien moins que de le faire révoquer.

Thérèse restait accablée et muette sous le choc violent de cette révélation. Ainsi, par dévouement, par amour pour elle, Jacques s'était exposé à une révocation. Il avait sacrifié sans hésiter une position qui lui donnait le pain quotidien, qui lui assurait l'avenir. Et elle qui l'aimait avec toute la chaleur de son cœur, elle qui avait rêvé de mettre un jour à ses pieds une fortune, elle ne pouvait rien pour le sauver du péril où il s'était jeté dans un élan de généreuse tendresse !

— Cela ne peut pas être s'écria-t-elle brusquement, d'une voix sourde ; il ne faut pas que M. Marly soit la victime de sa trop grande affection pour nous. Il doit y avoir un moyen d'empêcher une mesure aussi injuste !

— C'est précisément, répliqua le comte, parce que j'ai pensé qu'une semblable nouvelle ne vous serait pas indifférente que je me suis permis de venir vous trouver, mademoiselle. Je sais que vous êtes une fille de grand cœur et de grand courage ; aussi je n'hésite pas à vous répondre : Oui, il y a un moyen de sauver M. Marly ; seulement, il est tellement héroïque que j'hésite presque à vous le proposer.

— Quel est-il ? demanda Thérèse en relevant la tête et en fixant sur son interlocuteur ses yeux bruns mouillés.

— L'instrument qui a fait la blessure, répondit énigmatiquement le comte, peut aussi la guérir.

— Je ne comprends pas, murmura Mlle Sombernon,

— Je m'explique. Le sort de M. Marly est entre les mains de son chef, M. Perceval, et M. Perceval me doit beaucoup. Il ne peut rien me refuser, et il s'empressera de m'accorder le maintien en fonctions de votre jeune rédacteur, si je vais le lui demander. Mais vous concevez bien que M. Marly m'est, à moi, fort indifférent ; je ne me mêlerais donc de cette affaire qu'à une condition.

— Une condition ! répéta avec effarement Thérèse, qui commençait à comprendre.

— Oui, continua-t-il en tirant un papier de

sa poche, j'ai gardé un double de l'acte de désistement que jadis vous avez refusé de signer. Signez-le aujourd'hui, et M. Marly sera maintenu à son poste.

Thérèse tressaillit douloureusement.

— Ah ! s'écria-t-elle, vous ne me laissez d'autre alternative que de manquer à mon devoir ou d'abandonner un ami qui s'est dévoué pour moi ! Je m'explique maintenant votre visite. En vous voyant entrer ici, je devais m'attendre à quelque proposition odieuse !

— Je vous ai dit que le remède était héroïque, répartit froidement M. d'Entrevernes. Je vois que cet héroïsme est au-dessus de vos forces, puisque vous placez l'espoir d'une grosse fortune... aléatoire, au-dessus de l'affection que vous prétendez avoir pour ce malheureux jeune homme.

— Vous vous trompez, monsieur ! ripostat-elle fièrement, je vous répète que pour moi la question d'argent n'est que secondaire, et je vous abandonnerais bien volontiers cette fortune que vous mettez au-dessus de tout. Mais il s'agit de l'honneur de ma mère et de ma grand'mère, et cela, je ne puis vous le sacrifier.

— Je comprends vos scrupules, mademoiselle; mais, si cette seule question vous arrête, nous nous entendrons bien vite. D'abord remarquez que si vous perdez votre procès (ce qui peut arriver), la réputation de votre aïeule en sera encore plus gravement compromise. En second lieu, dans la rédaction du désistement on a procédé avec la plus grande délicatesse. Depuis ma dernière visite j'en ai revu moi-même le texte et j'en ai adouci les termes avec un soin respectueux. Dans cet acte vous déclarez que, sans aller au fond des choses et tout en gardant vos convictions au sujet de l'état-civil de vos ascendantes, vous renoncez purement et simplement à bénéficier du jugement à intervenir, quel qu'il soit. En quoi une pareille déclaration atteint-elle l'honneur de votre mère et de votre grand'mère, et pouvez-vous hésiter, pour une simple question de nuances, à sauver un garçon qui vous a sacrifié son gagne-pain et qui, demain, sera destitué impitoyablement, si vous refusez de venir à son aide ?

— Que puis-je vous répondre ? s'exclama Thérèse désespérée; les raisons que vous me donnez me déchirent le cœur, mes idées se brouillent, et je n'ai plus ma tête. Permettez-moi de consulter mon père, sans lequel je ne puis rien décider ?

— Je n'ai pas l'intention de vous planter le poignard sous la gorge, répondit le secrétaire des commandements, seulement rappelez-vous que le temps presse. Demain, on statuera sur le sort de M. Marly, et pour peu que vous tardiez, la mesure sera prise quand j'arriverai.

— Mais enfin, objecta Thérèse, saisie au milieu de son désarroi d'un soudain accès de défiance, qui me prouve que vos renseignements sont exacts et que la position de M. Marly est réellement menacée ? Qui me dit que vous n'avez pas tout simplement pour but de nous intimider, moi et mon père ?

— Je suis flatté de la bonne opinion que vous avez de moi ! répliqua ironiquement M. d'Entrevernes; puisque vous doutez de ma sincérité, voici un document qui vous convaincra peut-être.

En même temps, il tirait de son carnet la lettre avec en-tête administratif, qu'il s'était fait écrire par Perceval.

Par cette missive affectant un caractère semi-officiel, le chef des Instances annonçait au comte que les communications indiscrètes adressées aux journaux était l'œuvre d'un rédacteur du nom de Marly, et qu'il allait prendre des mesures pour que cet abus de confiance fût sévèrement puni.

— Lisez cette lettre, ajouta d'Entrevernes en la présentant à Thérèse, et vous verrez que je ne vous en impose pas.

Elle lut, et le dernier espoir qu'elle eût conservé dans un coin de son cœur s'envola. Ses lèvres tremblèrent de nouveau, ses yeux s'humectèrent, et rendant le billet au comte :

— Pardon, monsieur ! murmura-t-elle.

— Eh bien, reprit-il en replaçant la lettre dans son carnet, êtes-vous décidée à signer maintenant ?

— Attendez jusqu'à ce soir, supplia-t-elle, je ne puis rien terminer sans avoir vu mon père.

M. d'Entrevernes fronça le sourcil; il eût préféré enlever la chose tout de suite, tandis que la jeune fille était sous le coup de l'émotion. Lui parti, elle pouvait se raviser et reprendre courage. Il ne craignait pas trop Sombernon, qu'il savait timide, pusillanime et sans initiative. Mais il redoutait que, comme à l'époque de sa première visite, Jacques Marly n'intervînt tout à coup ainsi qu'un *deus ex machina* et ne dissipât les terreurs de Thérèse. Néanmoins, il n'osa pas trop refuser à Mlle Sombernon le répit qu'elle demandait. Il devina sans doute sur le visage de son interlocutrice la ferme intention où elle était de ne pas s'engager immédiatement, car il s'inclina, et posant sur la table le désistement qu'il avait préparé :

— Soit, dit-il, je vous laisse cet acte, lisez-le à tête reposée, mademoiselle, et consultez votre père. A quelle heure doit rentrer M. Sombernon ?

— Vers cinq heures, je pense, répondit-elle.

— Bien; à six heures précises je viendrai chercher votre réponse.

Il salua et sortit. Quand le bruit de son pas se fut éteint dans l'escalier, Thérèse s'assit dans un fauteuil, et, saisissant dans ses doigts tremblants la fatale feuille de papier timbré, elle essaya de la déchiffrer.

D'abord les caractères dansèrent devant ses yeux troubles et elle ne put rien lire. Puis, faisant appel à toute l'énergie de sa volonté, elle retrouva un peu de sang-froid et s'appliqua si bien, qu'elle parvint à parcourir jusqu'au bout l'acte qui, une fois signé, devait terminer à tout jamais l'instance Froideville. Le comte d'Entrevernes ne l'avait pas induite en erreur. Il s'était efforcé d'adoucir tout ce que cette déclaration pouvait avoir de pénible pour l'amour-propre et la dignité de la signataire. Il avait déguisé avec d'aimables circonlocutions la brutalité du langage juridique. Mais, en dépit de ces adroites précautions, la conséquence logique, indiscutable et cruelle de cet acte n'en était pas moins, pour Thérèse Sombernon, l'abandon de toutes ses prétentions à la succession de son grand-père maternel. Aux yeux du public et surtout aux yeux des juges, qui savaient lire entre les lignes, signer cette transaction, c'était abdiquer; c'était renoncer à faire établir légalement les droits de la marquise de Froideville, c'était laisser peser sur sa grand'mère les accusations odieuses du marquis, et sur la mère la tache d'une naissance illégitime.

— Non, non! je ne puis pas signer cela! songeait Thérèse indignée, en rejetant le papier loin d'elle.

Mais alors, c'était la condamnation de Jacques Marly qu'elle allait prononcer! Peu au courant des choses administratives, Thérèse s'exagérait encore la gravité de la mesure qui pouvait atteindre le rédacteur. Demain, Jacques allait être accusé par ses chefs d'avoir manqué à ses devoirs professionnels; il serait destitué, et cette révocation ne serait-elle pas de nature à entacher son honneur, à gâter tout son avenir, outre qu'elle le priverait d'un traitement qui composait le plus clair de son revenu? Et tout cela, parce qu'il s'était dévoué aveuglément au succès de cette malheureuse affaire de la succession Froideville! Quand il s'était agi de servir les intérêts de Thérèse, il n'avait pas, lui, raisonné et discuté aussi longuement; il n'avait écouté que son cœur et il s'était compromis, sans hésiter, pour celle qu'il aimait.

Thérèse aussi l'aimait. A cette heure solennelle où il lui fallait prendre une résolution qui allait de toute façon peser lourdement sur son cœur et briser peut-être toutes ses espérances, elle sentait croître plus violemment l'amour qu'elle avait conçu pour Jacques. Toute la tendresse que le jeune homme lui avait inspirée s'insurgeait au moment où elle projetait de sacrifier son bien-aimé à un point d'honneur peut-être chimérique. Maintes fois, lorsque l'espoir de gagner le procès Froideville l'avait poussée à bâtir de fabuleux châteaux en Espagne, elle avait rêvé de mettre sa fortune entre les mains de Jacques Marly et de lui offrir de partager sa vie; — et aujourd'hui qu'il s'agissait de renoncer à cette fortune pour le sauver, pourquoi était-elle prise de scrupules? Il y avait, il est vrai, autre chose en jeu que l'argent dans cette affaire Froideville; il y avait l'honneur de sa grand'mère à venger, les dernières volontés de sa mère à exécuter. Mais sa mère et son aïeule dormaient dans le tombeau depuis de longues années; Jacques et elle-même, au contraire, avaient vraisemblablement de longs jours à vivre. Ce devoir envers des morts pouvait-il se comparer aux obligations que lui imposait son affection pour un vivant?. Et si ces deux femmes, dont elle vénérait la mémoire, pouvaient se réveiller de leur sommeil, qui sait si elles n'engageraient pas leur fille à négliger la poursuite d'une revendication posthume, pour s'acquitter de son devoir envers l'homme qu'elle aimait?

Elle resta longtemps à pleurer et si absorbée par son chagrin qu'elle n'entendit pas Benoît Sombernon entr'ouvrir la porte de la chambre et s'arrêter stupéfait, en voyant sa fille toute en larmes.

— Thérèse, s'écria-t-il en posant précipitamment sa serviette sur la table et en courant vers la jeune fille, qu'as-tu, mon enfant? qui a pu te mettre dans un pareil état?

D'un brusque mouvement Thérèse se jeta dans les bras du bonhomme et se serra contre lui, la tête penchée sur son épaule. Elle voulait parler, mais les sanglots lui coupaient la parole.

— Qu'y a-t-il? répéta Sombernon très inquiet, qu'est-il arrivé!

En même temps, par-dessus la tête de sa fille, il jetait un regard effaré autour de lui. Il aperçut sur la table un papier timbré et il crut comprendre.

— Tu as reçu de mauvaises nouvelles de notre affaire? reprit-il en se dégageant doucement de l'étreinte de Thérèse et en la forçant à le regarder en face.

La jeune fille répondit par un muet signe de tête.

— Parle-moi, ma pauvre enfant, conte-moi tout! murmura-t-il d'une voix mal assurée.

— Père, commença Thérèse en tremblant, que dirais-tu s'il nous fallait renoncer absolument à la succession Froideville?

La figure du bonhomme s'allongea, et il pâlit.

— Je dirais, balbutia-t-il, je dirais que c'est un gros malheur.

Puis, reportant ses yeux sur le visage bouleversé de sa fille, il ajouta après avoir respiré péniblement :

— Mais après tout, fillette, je me ferais une raison et je ne me cognerais pas pour cela la tête aux murs. Plaie d'argent n'est pas mortelle. Pauvres nous étions auparavant, pauvres nous resterons, et cela ne nous empêchera pas de nous bien aimer. Imite-moi; tu vois, je suis très calme. Ne te désole pas et raconte-moi comment tu as appris ce désastre.

— Pendant ton absence, j'ai eu la visite de M. d'Entrevernes.

— Le comte? Que le grand diable l'emporte! Et que t'a-t-il chanté, cet oiseau de malheur?

— Il m'a annoncé que M. Jacques Marly allait être destitué.

— Ah! mon Dieu! pauvre garçon! s'exclama Benoît Sombernon; puis, comme sa propre infortune le rendait égoïste, il poursuivit, sans s'apitoyer davantage sur la révocation de Jacques Marly :

— Mais quel rapport cela a-t-il avec notre affaire? A-t-on destitué Marly, parce que nous avons perdu notre procès?

— Nous n'avons pas perdu notre procès, répliqua tristement Thérèse.

La figure de Sombernon se rasséréna, et il respira bruyamment.

— Eh bien, alors? s'écria-t-il d'une voix plus assurée, pourquoi pleures-tu comme une Madeleine et que me contais-tu tout à l'heure?

— Mais tu ne comprends donc pas? dit Thérèse, froissée et irritée de l'indifférence avec laquelle son père accueillait cette nouvelle; si M. Marly se trouve dans la peine, c'est qu'il s'est compromis pour nous! C'est parce qu'il a donné des notes aux journaux sur notre procès, qu'on le destitue!

— Certes, je le plains de tout mon cœur, répliqua Benoît un peu honteux; mais enfin le malheur de notre ami, si déplorable qu'il soit, n'est pas à comparer avec celui qui nous frapperait si nous perdions l'affaire Froideville.

— L'un peut être la conséquence de l'autre, murmura faiblement Thérèse.

— Je... ne comprends pas.

— C'est que je ne t'ai pas encore tout expliqué. M. d'Entrevernes, en m'annonçant cette triste nouvelle, a ajouté qu'il y avait un moyen de sauver M. Marly, et il m'a promis d'agir lui-même au ministère.

Alors d'un ton plus ferme, elle exposa à son père tout ce que lui avait appris le comte : la lettre de Perceval notifiant l'imminence d'une révocation, et l'in uence qu'avait M. d'Entrevernes sur ce chef qu'il venait de faire nommer sous-directeur. Elle termina en faisant connaître la dure condition que le comte avait mise à sa protection et tendit à son père l'acte de désistement préparé par ce dernier.

— C'est odieux! se récria Sombernon, c'est un infernal traquenard de M. d'Entrevernes, qui est notre ennemi acharné. Nous désister au moment où nous allons avoir cause gagnée? Non, nous dédommagerons ce jeune homme, quand nous aurons la succession.

— Sa destitution est certaine, et le gain du procès ne l'est pas, répliqua vivement la jeune fille.

— N'importe, ce serait une folie! Certes, nous devons beaucoup à Marly, mais il est trop sensé et trop notre ami pour ne pas comprendre que le sacrifice dépasserait notre dette de reconnaissance. Et s'il était là, il serait le premier à nous conseiller de repousser les propositions de notre adversaire.

— Il n'était pas là, répartit résolument Thérèse, et je n'avais pas à le consulter, d'ailleurs; car ainsi que tu le prévois, il est certain qu'entraîné par sa générosité, il m'aurait défendu de transiger.

— Ah! çà mais, interrompit le bonhomme interloqué, tu parles comme si tu avais déjà pris un engagement?

— Je ne me suis pas engagée complètement, répondit la jeune fille en baissant les yeux, mais j'ai promis de signer si vous m'y autorisiez.

— Quoi! s'écria-t-il abasourdi, toi, Thérèse? toi si vaillante et si décidée à combattre jusqu'au bout? Toi qui, il y a deux mois, refusais si énergiquement de consentir à une transaction, tu signerais cet acte, tu consentirais à un pareil abandon de tes droits?

Elle releva la tête et tournant vers son père ses yeux humides et étincelants :

— Les circonstances ne sont plus les mêmes, dit-elle, j'aime Jacques Marly!

En même temps elle se jetait de nouveau dans les bras de son père.

Benoît Sombernon ne brillait ni par l'esprit ni par le courage, mais il adorait sa fille, et il avait l'intelligence du cœur. Cet aveu d'amour, si nettement et franchement articulé, était imprégné d'une si éloquente tendresse; on sentait si bien que la femme qui le prononçait était prise corps et âme par sa passion, que le vieux père en fut remué jusqu'au fond des entrailles. Il serra fortement l'enfant dans ses bras et la couvrit de baisers mêlés de larmes.

— Tu l'aimes, murmura-t-il d'une voix coupée par l'émotion, tu l'aimes? Cela dit tout et tu n'as pas besoin d'autres excuses. Je te comprends, ma Thérèse, car j'ai été comme toi. Quand j'étais le fiancé de ta mère, j'aurais signé ma propre condamnation, pourvu qu'on me laissât aimer à ma guise celle que j'avais choisie!

Il déposa doucement sa fille dans un fauteuil, près de la table, puis, sans ajouter un mot, il se dirigea vers la vieille armoire de chêne, en tira un encrier et une plume et les plaçant devant Thérèse :

— Mon enfant, dit-il, tu es l'unique héritière de ta mère, et la succession est à toi. Tu as le droit d'en disposer selon ton cœur et comme bon te semble. Signe, et, pour te prouver que je m'associe à ton acte de reconnaissance et de tendresse envers Jacques Marly, je signerai après toi.

Elle prit la plume, signa, et il en fit autant. Puis, quand le sacrifice fut accompli, Thérèse saisit la tête de son père dans ses mains et la baisa pieusement et silencieusement.

Ils étaient encore serrés l'un contre l'autre.

étreints dans la même effusion d'amour et de renoncement, quand la sonnette tinta lentement dans l'antichambre.

C'est le comte qui revient chercher son acte! s'écria Thérèse avec un frisson de répugnance... Je ne veux pas le revoir... Je te laisse régler tout avec lui.

Elle baisa une dernière fois le bonhomme au front, et tandis que Sombernon allait ouvrir à M. d'Entrevernes, elle se sauva dans sa chambre.

VIII

Le ministère s'éveille dans la calme fraîcheur d'une claire matinée de septembre. Il est à peine neuf heures et demie Les escaliers sont solitaires, et dans les couloirs déserts on ne rencontre que les garçons de bureau. C'est l'heure où, ayant quitté leur habit d'uniforme et revêtu une blouse grise, ils se livrent au balayage des pièces occupées par les employés. On entend de tous côtés un bruit d'eau jaillissant des fontaines installées sur les paliers. Les portes de chaque cellule, ouvertes sur le couloir, laissent voir aux rares passants la façon toute sommaire dont s'opère ce nettoyage matinal : Un coup de plumeau sur la cheminée, les tables et les cartons; un coup de balai ou de brosse sur le parquet; une fenêtre entre-b illée pour aérer la pièce, et c'est tout. En un tour de main, les carafes sont remplies à la fontaine, les cuvettes sont fourbies à l'aide de la serviette qui sert à la toilette de l'employé et que le Matériel renouvelle une fois par semaine. Il est dix heures. Déjà les sonnettes des directeurs généraux commencent à tinter frénétiquement. Les chefs et les sous-chefs zélés débouchent à l'angle des corridors, et les garçons de bureau rendossent leur habit à boutons de métal.

Jacques Marly, qui est arrivé de bonne heure, trouve Massabiou installé sur la chaise cannée de son cabinet, et occupé à lire un journal que le rédacteur reçoit au ministère et dont l'indiscret Marseillais a fait adroitement glisser la bande.

— Ne vous dérangez pas, dit-il au garçon de bureau qui se lève précipitamment et bredouille une excuse; eh bien, quoi de nouveau, Massabiou?

— Vous croyez rire, monsieur Marly, réplique le Provençal, qui a vite retrouvé son aplomb; et pourtant vous pourriez tomber moins juste! Eh! oui, Je sais du nouveau, et du nouveau qui ne fera peut-être pas plaisir à tout le monde. J'ai idée que le brave M. Pécoul aura un successeur aujourd'hui.

— Vous croyez que c'est signé? s'écrie vivement Marly.

— Je ne le crois pas, j'en suis sûr. Voyez-vous, monsieur Marly, je suis un vieux singe, moi, j'ai du l'air, et il y a des signes qui ne me trompent pas. D'abord Perceval est arrivé dès neuf heures à son bureau, et en costume de cérémonie; redingote neuve, pantalon noir et le reste; puis, à neuf heures et demie, l'huissier de M. le directeur général est venu le demander, et il est resté un gros moment en tête-à-tête avec le grand chef; il est remonté radieux, la figure allumée et une lettre à la main; enfin il a donné vingt francs à mon collègue du personnel. D'où je conclus que M. Perceval est nommé sous-directeur.

— C est impossib'e, s'exclama ingénument le rédac eur, M. Dubrac avait une promesse formelle du secrétaire général!

— Impossible, tant que vous voudrez, riposte Massabiou en haussant les épaules, mais j'ai remarqué ici que, le plus souvent, c'est ce qui paraît impossible qui arrive. Des promesses? eh! bagasse, tous ces messieurs en ont les mains pleines, c'est plus facile à donner qu'à tenir. Vous êtes jeune si vous croyez encore aux promesses! Je ne vous dis pas que Dubrac ne méritait pas la place; mais Dubrac, c'est un feu de paille, ça flambe, et puis plus rien. Tandis que Perceval, c'est un feu qui couve sous la cendre, et qui dure, monsieur Marly, et qui dure! Avant que sonne midi, vous verrez si Massabiou n'avait pas raison!

Mais Jacques n'écoute plus le garçon de bureau, il sort affolé, descend au personnel et apprend que Dubrac vient d'être mandé au secrétariat. En effet, en arrivant à son bureau tout guilleret, Dubrac a trouvé un billet du secrétaire général qui le prie de passer immédiatement chez lui, et il s'est empressé d'y courir, bien persuadé que ce fonctionnaire veut lui annoncer sa nomination. Il s'élance d'un bond dans l'antichambre, fait passer son nom, est introduit et se trouve en présence du secrétaire général, qui le reçoit avec une mine glacée.

— Hé bien, monsieur, commence ce dernier d'un ton de mauvaise humeur, vous me mettez dans de jolis draps, et je me repens amèrement de m'être occupé de vous! Connaissez-vous ceci? ajoute-t-il en exhibant deux lettres chiffonnées à Dubrac qui pâlit

Du premier coup d'œil il a reconnu ses deux épîtres amoureuses à Angèle Pêche; une sueur froide lui mouille les tempes, il bredouille deux ou trois mots inintelligibles et baisse piteusement la tête.

— Vous avouez? continue le haut fonctionnaire; du reste, le cas n'est pas niable, et vous devez comprendre maintenant que votre nomination est tombée à l'eau. Tout était déjà prêt pour la signature. Il a fallu déchirer le projet de décret et tout recommencer. Le ministre fulmine, et il y a de quoi!

Il s'aperçoit que Dubrac anéanti tient à peine

sur ses jambes et a les larmes aux yeux. Il en a pitié et le fait asseoir.

— Sacrebleu! mon cher, répond-il, vous vous êtes conduit comme un collégien. Quand on a votre âge et qu'on veut avoir des maîtresses, il faut au moins être prudent. On ne les prend pas parmi les filles de ses commis et on ne les reçoit pas dans son bureau. On ne leur écrit pas surtout de pareilles turlutaines!

— J'ai été joué, soupire enfin le désolé Dubrac; que faire?

— Vous comprenez qu'après cet esclandre, vous ne pouvez plus rester chef du personnel. D'ailleurs, Perceval est nommé sous-directeur, et votre amour-propre souffrirait trop d'être exposé chaque jour à vous trouver en rapport avec celui qui vous a été préféré. Demandez sur-le-champ un poste de directeur en province, nous vous le donnerons. Une fois là, faites le mort et attendez les événements. Maintenant, mon cher, allez et soyez circonspect.

Dubrac quitte le secrétariat la tête basse et rentre, morne et confus, à la direction générale, où les garçons de bureau ne se lèvent plus sur son passage. On sait déjà sa déconvenue et on le traite en souverain déchu. Il trouve dans son bureau Marly et Lafontan qui l'attendent. Ce dernier commence à craindre d'avoir été trop loin: il a appris, comme Marly, les bruits qui courent et il est venu aux informations.

— Mes chers amis, dit le chef du personnel en leur serrant tristement la main, j'ai perdu la partie, c'est Perceval qui est nommé. Et, ce qu'il y a de pis, je ne puis m'en prendre à personne qu'à moi. J'ai eu la sottise d'écrire deux lettres compromettantes, qu'on a communiquées au ministre et qui m'ont ruiné dans l'esprit de Son Excellence! Ah! mes braves camarades, j'en ai assez de Paris. Je demande une direction en province!

En entendant les dernières paroles de Dubrac, Lafontan rougit, se frappa le front et étouffa à demi un juron énergique.

— Qu'avez-vous, mon ami? demande innocemment le chef du personnel.

— Rien, rien, répond Lafontan, c'est une idée qui me vient.

Et aussi désolé que Marly, il prend congé de son infortuné camarade et remonte furieux dans son cabinet.

A l'étage supérieur, la nouvelle de la nomination de Perceval s'est répandue en un clin d'œil Les employés surpris sortent de leur cabinet et s'attroupent dans les couloirs. La direction générale tout entière est sens dessus dessous et ressemble à une fourmilière sur laquelle on a marché. Contrairement à ce qui arrive d'ordinaire, l'élévation de Perceval au grade de sous-directeur n'est pas généralement l'objet de critiques trop vives. Sauf Marly, qui ne songe qu'à Thérèse et qui tremble pour le succès de l'affaire Froideville, les employés accueillent tous favorablement le nom du nouveau sous-directeur et s'accordent à déclarer que le choix n'est pas mauvais, Perceval étant très fort dans sa partie. Deshorties, lui-même, ne bougonne pas trop.

— Je regrette Dubrac, comme ami, dit-il philosophiquement, mais, après tout, nous pouvions tomber plus mal. On pouvait, comme cela s'est vu, mettre à notre tete un imbécile, un Couturier! moi, je m'y attendais presque, je l'avoue; je pensais: « S'il y a une bêtise à faire, ils la feront. » Ils ne l'ont pas faite, c'est toujours ça. Ah! par exemple, s'ils avaient eu l'ignominie de nommer Couturier, j'aurais tiré l'échelle, bonsoir! ma démission était prête là, dans ma poche. Mais je l'ajourne encore, il y a des gens qui en éprouveraient trop de plaisir!

A chaque instant la foule augmente dans le corridor et les questions se croisent:

— Et Dubrac demande quelqu'un, comment prend-il la chose?

— Il est atterré. Il ne s'attendait pas à ce coup-là.

— On dit qu'il veut s'en aller en province.

Devant cette perspective d'une nouvelle vacance plus d'un visage s'épanouit. Le départ de Dubrac et la promotion de Perceval peuvent déterminer un mouvement important, C'est une aubaine inespérée; parmi les sous-chefs, les rédacteurs et les commis, des espérances s'éveillent et des convoitises s'allument. Il n'y a pas jusqu'au fretin des expéditionnaires qui ne voie poindre à l'horizon une augmentation possible des minces appointements du mois.

Tout à coup, la haute taille de Chantemerle, l'ancien cent-garde, émerge de l'extrémité ténébreuse du couloir. Il vient annoncer dans les bureaux que M. le sous-directeur Perceval recevra, à midi, les trois divisions réunies, et chacun va dans sa chacunière procéder à un brin de toilette, en vue de cette cérémonie officielle.

Midi moins dix. La vaste antichambre de la sous-direction s'emplit peu à peu de groupes d'employés, qui viennent en corps présenter leurs hommages et leurs félicitations à l'heureux Perceval. A chaque instant un chef apparait entouré de ses sous-chefs, de ses rédacteurs, de ses commis. Les groupes se confondent un moment, des poignées de main s'échangent, des conversations s'établissent à voix basse. Bientôt un sourd bourdonnement monte au plafond où un lustre empire pend à la rosace feuillagée; puis, tout à coup, cette rumeur s'apaise et un profond silence lui succède. Le bureau du personnel vient d'entrer, avec son chef en tête, et chacun observe le concurrent malheureux de Perceval, les uns avec une curiosité mêlée de commisération, les autres avec une satisfaction malveillante et mal déguisée. Dubrac, très pâle, mais affectant une héroïque sérénité, récolte quelques poignées de main et s'insinue stoïquement dans une encoignure, au milieu des agents de son bureau. Parmi eux, la jolie figure de Désiré de La Fresnais se détache aimablement de la pénombre. Le bras droit de Perceval est plus doucereux, plus confit et plus *jeune Éliacin* que jamais. Lafontan, placé non loin de là, aux côtés de Couturier, lance de temps en temps un regard soupçonneux vers La Fresnais, qu'il ne perd pas de vue.

Midi. Les groupes se reforment par bureaux et par divisions, puis, tout d'un coup, la porte du fond s'ouvre à deux battants, et Chantemerle, redressant sa haute taille, crie :

— Messieurs, monsieur le sous-directeur vous prie d'entrer!

Ils s'avancent en bon ordre, d'un air grave et déférent. Chacun en entrant s'incline respectueusement du côté de la cheminée de marbre blanc, où le sous-directeur est debout, dans une pose à la fois modeste et majestueuse. Il accueille chaque survenant d'un geste de la main, un geste d'évêque, longuement étudié, et dont l'ampleur est proportionnée au grade de chacun des agents. Il les regarde silencieusement défiler tous devant lui et se ranger le long des murs tendus d'un papier gros vert à baguettes. Le noir cordon de redingotes se resserre autour du superbe bureau empire à ornements de cuivre, qui a excité si longtemps les convoitises de l'ancien chef des Instances. Alors les portes se referment, et le doyen des chefs, Couturier, s'avance craintivement, presque obliquement, à la façon d'un crabe. Il courbe sa souple échine et entonne une courte harangue qu'il a apprise par cœur et qu'il a l'air de débiter à son gilet :

— Au nom de tous nos camarades, dit-il, je viens vous féliciter, monsieur le sous-directeur, et nous féliciter nous-mêmes d'un avancement bien mérité. C'est le couronnement de l'édifice d'une carrière... (ici sa mémoire s'embrouille, et il ne vient pas à bout d'achever sa laborieuse métaphore); enfin, conclut-il, le choix de Son Excellence a l'approbation de tous, et nul que vous n'était plus digne d'occuper ce poste éminent.

Il s'incline de nouveau, Perceval lui serre la main au milieu d'un respectueux silence, et l'on entend Deshorties murmurer entre ses dents une appréciation peu élogieuse, où les plus proches voisins saisissent les mots de « pied plat » et de « lécheur de bottes ».

Pendant ce temps Perceval bombe sa poitrine, rejette sa tête en arrière et commence d'une voix éclatante :

— Messieurs, je remercie mon excellent camarade Couturier, je vous remercie tous des sentiments si flatteurs dont il s'est fait l'interprète. En m'appelant à succéder au digne et regretté M. Pécoul, Son Excellence m'a imposé une lourde charge, une écrasante responsabilité. Je compte sur votre concours et sur vos efforts pour m'aider à remplir des fonctions que j'ai longtemps hésité à accepter. D'autres plus méritants que moi (*ceci est dit avec une mélancolie sourde et une voix mouillée*), d'autres possédant des facultés plus brillantes eussent été plus aptes à diriger la division. Le ministre en a jugé autrement et j'ai dû m'incliner, mais (*se frappant la poitrine*) j'ai obéi avec un cœur plein de regrets, regrets dont je me plais à adresser l'intime expression à qui de droit (*tous les regards se tournent vers Dubrac dont la pâleur devient verdâtre*). Quoi qu'il en soit, messieurs, je fais appel à votre zèle et à votre activité pour que la tâche me soit rendue moins difficile. Je ne vous cache pas que j'exigerai beaucoup de vous, parce que je sais qu'on peut beaucoup vous demander. Je tiendrai la main à ce que chacun soit assidu, exact et laborieux; mais, en revanche, vous me trouverez toujours prêt à signaler à M. le directeur général ceux d'entre vous qui se seront créé des titres à sa bienveillance. Maintenant, messieurs (*avec un geste théâtral*), retournez à vos travaux et permettez-moi de terminer par ce simple mot d'un ancien Romain : *laboremus* ! »

Les deux battants de la porte se rouvrent, et chacun, après avoir salué, exécute sa retraite en bon ordre. Au moment où Dubrac passe avec ses collaborateurs, Perceval fait un pas vers son ancien rival et lui serre la main avec effusion.

— Quel comédien, hein! chuchote Deshorties à l'oreille de Lafontan, et quel blagueur!

Mais Lafontan ne l'écoute pas, ses yeux sont braqués sur Désiré de La Fresnais qui s'éloigne avec ses camarades du personnel. Le jeune Eliacin a l'air de deviner ce regard qui pèse despotiquement sur ses épaules; il se dissimule derrière ses collègues et gagne promptement l'escalier qui mène à son bureau. Lafontan se doute également de la manœuvre du rédacteur, car il profite de ce que Marly est venu rejoindre Deshorties pour s'élancer sur les pas de celui qui l'a berné. Au moment où Jacques arrive à son tour sur le palier, il entend une rumeur et des éclats de voix. C'est Lafontan qui vient de rejoindre La Fresnais et qui le gifle devant cinq ou six collègues attroupés.

— Vous êtes un drôle! s'exclame Lafontan en dévisageant le beau Désiré; si vous avez besoin d'un supplément d'explications, envoyez-les chercher chez moi! je suis à vos ordres!

Mais La Fresnais ne paraît pas désirer la moindre explication, il est blanc comme un linge et balbutie d'incohérentes paroles.

Jacques s'est avancé au milieu de la bagarre et cherche à calmer Lafontan: tandis qu'il l'entraîne vers son cabinet, il est rejoint par Chantemerle.

— Monsieur Marly, dit le garçon de bureau,

M. le sous-directeur vous prie de passer immédiatement chez lui.

Jacques, étonné, suit l'ancien cent-garde, traverse la vaste antichambre, maintenant vide, et est introduit de nouveau dans le luxueux cabinet sous-directorial.

Perceval semble avoir eu à cœur de joindre l'exemple au précepte par lequel il a terminé son discours, car il est déjà installé devant le bureau empire, et il écrit, courbé sur son papier. Bien qu'averti de la présence de Marly, il continue à faire courir sa plume sur le papier. Enfin il daigne relever la tête; mais, au lieu de la figure gravement affable de tout à l'heure, c'est un visage dur et austère qu'il montre au jeune rédacteur. Perceval est rancunier; il n'a jamais pardonné à Jacques d'avoir contrecarré ses projets dans l'affaire Froideville, et dès les premiers mots, il le fait sentir à son subordonné :

— Monsieur, s'écrie-t-il d'un ton cassant, je suis très mécontent de vous!

Marly, stupéfait, essaye de demander l'explication de ce mécontentement, auquel il ne comprend rien, mais d'un geste impérieux, Perceval l'arrête au premier mot :

— Ne m'interrompez pas, je vous prie. Vous parlerez quand j'aurai fini. Je suis très mécontent de vous; non seulement vous vous livrez à des occupations étrangères à votre service, mais vous vous mêlez de donner des conseils aux adversaires de l'Administration.

— Pardon, monsieur le sous-directeur, hasarde Marly, vous voulez sans doute faire allusion à l'instance Froideville?

— Précisément; une affaire que vous avez instruite avec une passion et une partialité regrettables. Une détestable affaire, du reste, qu'on a fait revivre contre mon gré.

— Pardonnez-moi de vous interrompre, monsieur, objecte encore Jacques, mais en m'attachant à défendre les intérêts des Sombernon, j'ai obéi à vos propres injonctions. J'ai encore présentes à la mémoire vos dernières recommandations : « Si l'Administration s'aperçoit « qu'elle a eu tort, me disiez-vous, il sera d'un « bon exemple de le reconnaître spontanément, « et d'aller au-devant de la réclamation de la « partie adverse. »

Firmin Perceval a pour principe, lui, qu'un supérieur ne doit jamais avoir tort. Furieux d'être mis en contradiction avec lui-même, il devient rouge comme un coq et s'emporte :

— Je vous défends, monsieur, s'exclame-t-il, de dénaturer le sens de mes paroles. J'ai toujours eu la même opinion sur cette instance Froideville; je l'ai toujours considérée comme une pure affaire de chantage, ne reposant sur aucune base sérieuse, et la preuve que j'avais raison, c'est que les Sombernon eux-mêmes, plus clairvoyants que vous, ont reconnu l'inanité de leurs prétentions et se sont décidés à signer un acte de désistement.

— C'est impossible! se récrie Marly avec énergie.

— Vous me donnez un démenti, je crois? réplique Perceval en colère, vous avez, monsieur, une outrecuidance qui passe toutes les bornes!

Il fouille dans les paperasses étalées sur son bureau, en tire une feuille de papier timbré et la présente à Jacques interdit :

— Voici l'acte de désistement signé par Mlle Sombernon et son père, lisez-le, et faites-moi la grâce, monsieur, d'ajouter dorénavant une foi plus entière en mes paroles.

Pour le coup, il n'y a plus à en douter. Le jeune homme stupéfait parcourt des yeux cet acte arraché sans doute à la faiblesse de Thérèse, puis il le laisse tomber sur le bureau de son chef et courbe silencieusement la tête.

— Vous voyez, monsieur, reprend Perceval triomphant, que vos efforts ont été inutiles et que vous avez mal à propos compromis votre situation, en trahissant le secret professionnel pour des gens qui ne vous en ont su aucun gré. Après ce qui s'est passé, vous devez comprendre que je ne puis garder dans mes bureaux, où la discrétion est la première qualité que j'exige de mes subordonnés, un agent qui a si gravement manqué à son devoir. Je pourrais demander votre révocation, mais j'ai promis d'être indulgent et je tiendrai ma promesse. J'ai obtenu de M. le directeur général, et vous recevrez, ce soir, votre nomination à un poste en province.

— Inutile, monsieur! réplique avec dignité Jacques Marly, qui, tout en écoutant le discours de Perceval, a déjà eu le temps de prendre un parti, je ne quitterai point Paris et, avant ce soir, j'aurai l'honneur de vous envoyer ma démission.

— Hein? s'exclame le sous-directeur, qui croit avoir mal entendu, vous renoncez à votre emploi!

— Oui, monsieur, et j'y renonce sans regret. J'ai l'honneur de vous saluer.

Là-dessus, laissant à son tour Perceval interloqué, Jacques Marly s'incline froidement, sort du cabinet sous-directorial, traverse précipitamment l'antichambre et court s'enfermer dans sa cellule.

IX

Quand il eut rédigé sa démission et qu'il l'eût insérée dans une enveloppe carrée, à l'adresse du directeur général, Marly chargea Chantemerle de la remettre entre les mains de M. Perceval, qui devait, à son tour, la faire parvenir au grand chef, puis il descendit l'escalier J et quitta le ministère. Cinq minutes après, il se trouvait dans le jardin des Tuileries qu'il arpentait avec une névreuse agitation.

Libre! il était libre! Il venait brusquement de couper le fil qui l'attachait à l'Administration et qui si longtemps l'avait empêché d'aller et venir, et même de penser à sa guise. Il songea tout à coup qu'il y avait juste huit ans qu'il était entré dans la carrière des bureaux. Il se souvint qu'à cette époque-là déjà, son métier de plumitif le dégoûtait et que, dès le premier jour, il avait calculé la date à laquelle il aurait le temps voulu pour prendre sa retraite et jouir de sa liberté. Eh bien, ce moment-là était venu plus tôt qu'il ne l'avait pensé. Il regardait vaguement autour de lui, encore étourdi et presque étonné de se promener en plein air à une heure où d'habitude il était enfermé dans sa cellule administrative.

Libre, il était libre! Et brusquement, au fond de lui, il sentait monter une sombre mélancolie qui s'exhalait au dehors et jetait un voile sur la gaieté de cette après-midi ensoleillée. Ce n'était pas, certes, le regret du gagne-pain qu'il venait d'abandonner, ni les inquiétudes de l'avenir, qui rembrunissaient subitement son esprit. Ses fusains et ses aquarelles se vendaient maintenant suffisamment bien pour qu'il fût rassuré sur ses moyens d'existence. Non, mais il venait de se rappeler soudain cet acte signé par Thérèse Sombernon, et que Perceval lui avait mis sous les yeux. Maintenant que l'affaire Froideville se trouvait terminée par cette fatale transaction, rien ne retiendrait plus les Sombernon à Paris, et il était probable qu'ils allaient reprendre le chemin de leur province. Et alors, à quoi bon cette liberté que Jacques venait de reconquérir, si Thérèse disparaissait! Depuis bientôt six mois il s'était accoutumé à la voir toutes les semaines, à la mêler à toutes ses pensées, à la faire entrer dans tous ses projets d'avenir, et il allait falloir se séparer violemment de celle qui donnait un si puissant intérêt à sa vie.

A la vérité, maintenant qu'elle ne pouvait plus être la riche héritière des Froideville, rien n'empêchait plus Jacques de déclarer ouvertement son amour : il n'avait plus à craindre d'être pris pour un coureur de dot. Mais, d'un autre côté, Thérèse l'aimait-elle assez pour accepter de devenir la femme d'un artiste sans patrimoine, qui venait justement d'abandonner son seul revenu solide et assuré : ses appointements d'employé? Thérèse, d'ailleurs, savait-elle au juste à quel point elle était aimée? Toujours retenu par un sentiment de délicate fierté, Jacques n'avait jamais osé s'expliquer clairement. Il avait espéré que le procès Froideville durerait longtemps encore, que Thérèse serait obligée de passer plus d'une année à Paris, et il se laissait aller au plaisir de vivre près d'elle, dans une atmosphère de muette tendresse, sans rien dire qui pût rompre le charme mystérieux de cette adoration inavouée.

Maintenant, il fallait parler; le temps pressait; avant peu de jours peut-être, Thérèse aurait quitté Paris. Il ne songeait à cette explication décisive qu'avec un tremblement d'angoisse. Si elle allait dire non?

Jamais il n'avait mieux senti qu'à ce moment combien elle lui était chère. Elle exerçait sur lui un magnétique attrait. Bien des fois, depuis qu'il était à Paris, il avait cru aimer; il avait eu des liaisons qui l'avaient retenu et charmé, mais où la vanité et le plaisir avaient toujours joué le principal rôle. Cette fois, il était pris par le cœur, par l'esprit, par les sens; son être entier était possédé. Tout en marchant, il voyait l'image de Thérèse se dresser devant lui dans sa pure et saine beauté physique et morale. Il se remémorait ses moindres gestes, la grâce souple de sa démarche, le scintillement de ses profonds yeux bruns, la musique de son rire et de sa voix, le charme de son esprit si ferme et si net, la bonté de son cœur.

A la pensée de perdre à jamais tous ces trésors, une fièvre le prenait, une hâte rageuse précipitait ses pas, et ce fut ainsi que, presque sans s'en apercevoir, il se trouva tout à coup rue de Fleurus, en face de la maison des Sombernon. Mais au moment de franchir la porte, de se trouver face à face avec celle qui allait décider de ce qu'il regardait comme le seul intérêt sérieux de sa vie, il prit peur et rebroussa chemin. Il rentra dans la grande allée du Luxembourg et marcha jusqu'à l'une des terrasses, à la balustrade de laquelle il s'accouda. — A l'horloge placée au sommet du pavillon central du palais, les aiguilles marquaient trois heures.

— Quand l'aiguille sera sur le quart, se dit-il je retournerai rue de Fleurus.

Et l'esprit partagé entre la crainte et l'impatience, il resta immobile, pâle et les yeux braqués sur le cadran.

Tout à coup, dans l'air tiède imprégné d'odeurs d'automne, l'horloge sonna le quart. Brusquement Jacques tourna sur ses talons et, avec un battement de cœur, mais cette fois bien résolu à monter chez les Sombernon, il reprit le chemin de la rue. Il se précipita dans le vestibule, et, d'une voix sourde, il demanda à la concierge si Benoît Sombernon était chez lui.

— Oui, M. Sombernon vient de rentrer, et mademoiselle est aussi là-haut.

Ce fut Benoît Sombernon qui vint ouvrir.

— Ah! dit-il, nous parlions précisément de vous, monsieur Marly, et nous attendions presque votre visite.

Il le fit entrer dans la petite pièce où Thérèse était occupée à dessiner. Elle posa à terre le carton qu'elle tenait sur ses genoux, se leva précipitamment et rougit; puis, comme elle s'avançait pour tendre la main à Marly, elle fut frappée de sa pâleur et de l'altération de ses traits.

— Qu'avez-vous, monsieur? demanda-t-elle avec inquiétude; êtes-vous malade?

— Non, répondit-il d'un air navré; mais je viens d'apprendre une nouvelle qui me confond et qui me désole. Est-il possible, mademoiselle, que vous ayez renoncé à suivre l'instance Froideville?

Il y eut un moment de silence embarrassé, pendant lequel Thérèse lança à son père un regard significatif, comme pour le supplier de lui laisser le soin de répondre aux questions de Jacques Marly; puis elle murmura :

— Oui, nous avons signé hier soir un acte de désistement.

— Pardonnez-moi d'insister, reprit Jacques, mais puisque vous avez bien voulu jusqu'à présent écouter mes conseils, comment ne m'avez-vous pas consulté avant de prendre une résolution aussi grave et aussi préjudiciable à vos intérêts?

En même temps il la regardait avec une expression de reproche attendri. Elle était précisément vêtue de cette simple robe de cachemire noir et de ce tablier à bavette qu'elle portait le jour où il l'avait vue pour la première fois, et ce souvenir de leur première entrevue ajoutait encore à l'émotion qui serrait le cœur de Jacques. Thérèse détourna la tête et répondit évasivement :

— Excusez-nous de ne pas vous avoir demandé votre avis, mais on ne nous en a pas laissé le loisir. Il y avait urgence, et nous avons signé pour éviter de graves embarras.

— Il fallait, en effet, répliqua-t-il en hochant la tête, que ces embarras fussent bien graves, pour vous contraindre à abandonner une instance dont le succès était certain.

— Ho! certain? crut devoir objecter finement Benoît Sombernon, pas tant que vous croyez! L'affaire était de nouveau accrochée dans les bureaux.

— Au contraire, le ministre était favorable à votre demande, s'écria Jacques; il avait exigé une nouvelle instruction, et les faits étaient trop nettement établis pour que cette instruction ne vous donnât point gain de cause.

— Oui, mais il y avait des dessous que vous ne connaissez pas, poursuivit Sombernon, sans se préoccuper des signes que lui faisait sa fille pour lui imposer silence.

Thérèse tremblait que son père, poussé à bout, ne révélât à Marly les véritables motifs qui avaient déterminé la signature du désistement, et elle essayait en vain de lui couper la parole; mais une fois lancé, le bonhomme ne s'arrêtait plus.

— D'ailleurs, continua-t-il, nous étions las de ces atermoiements, de ces luttes continuelles qui influaient sur la santé de Thérèse. Nos adversaires sont très puissants, ils pouvaient nous faire beaucoup de mal. Ils nous menaçaient déjà, et nous avons préféré tout sacrifier à notre tranquillité.

— On vous a tendu un piège, répartit Jacques, ces menaces n'étaient pas sérieuses.

— Elles l'étaient plus que vous ne pensez! s'exclama Sombernon avec vivacité, elles nous atteignaient dans ce que nous avons de plus cher! Et vous-même, jeune homme, sans vous en douter, vous pouvez devenir la victime de l'animosité de M. d'Entrevernes. Il savait que vous étiez notre conseil, et il eût été capable de vous faire perdre votre emploi.

— Oh! moi, répondit Jacques avec un sourire mélancolique, je suis parfaitement tranquille à cet égard. J'ai quitté définitivement l'Administration.

— Comment, s'écria Benoît Sombernon abasourdi, tandis que Thérèse, très pâle, s'était rapprochée de Jacques, l'interrogeait anxieusement du regard.

— Oui, reprit le jeune homme, tout à l'heure M. Perceval, le nouveau sous-directeur, m'a mandé dans son cabinet et, après m'avoir reproché de m'être mêlé trop activement de l'affaire Froideville, m'a annoncé que j'étais envoyé en disgrâce en province. Alors je n'ai pas hésité un instant, j'ai remis ma démission au directeur général, et me voilà libre comme l'air.

Il fut interrompu par une exclamation douloureuse de Thérèse et par une protestation indignée du bonhomme Sombernon.

— Ce misérable d'Entrevernes nous a odieusement bernés! dit ce dernier d'une voix sourde; il savait déjà que le renvoi de Marly était décidé quand il est venu nous proposer de signer le désistement.

— Comment? demanda Jacques en regardant avec stupéfaction la jeune fille, dont les mains tremblaient, et Sombernon qui était rouge de colère, que voulez-vous dire? Est-ce que, par hasard, la crainte de me voir disgracié aurait été pour quelque chose dans les motifs qui vous ont amenés à donner votre signature?

— Elle y a été pour tout! riposta Sombernon en éclatant.

— Père! supplia Thérèse en essayant de l'interrompre.

— Non, non, laisse-moi parler. Il faut qu'il sache la vérité! Ce méchant renard de d'Entrevernes est venu trouver Thérèse, il lui a conté que votre position était menacée, et que si elle ne consentait pas à abandonner l'instance, vous seriez destitué aujourd'hui même... Alors la peur nous a pris à l'idée que vous, qui vous étiez donné tant de mal, vous alliez être dans la peine à cause de nous. Thérèse a signé et moi aussi. Voilà! »

En entendant cette explication, Jacques avait senti tout à coup son cœur se fondre; la tendresse et la reconnaissance lui montaient aux lèvres; ses traits contractés se détendaient, et ses yeux se mouillaient.

— Quoi! s'écria-t-il enfin en saisissant les mains glacées de Thérèse, qui balbutiait et qui baissait les paupières, quoi! mademoiselle, vous avez fait cela? C'est pour moi que vous vous êtes sacrifiée?

— Eh! ne comprenez-vous pas qu'elle vous aime? interrompit Sombernon en le poussant vers sa fille. Allons, embrassez-la et aimez-vous bien! L'amour vaut encore mieux que tous les millions de la terre!

Et pour la première fois Jacques posa ses lèvres sur les joues de Thérèse Sombernon. Alors il ouvrit son cœur sans crainte et put laisser voir toute la tendresse qui y était depuis si longtemps renfermée. Et, dans la petite chambre haut perchée, tandis que la vieille horloge de Marnay battait son tic-tac et que les citronnelles du balcon exhalaient leurs derniers parfums, il y eut trois heureux qui savourèrent leur bonheur jusqu'à la tombée de la nuit, sans trop regretter la succession Froideville.

Jacques et Thérèse se sont mariés. Ils passent avec le bonhomme Sombernon toute la belle saison à Marnay et tout l'hiver à Paris. Grâce aux deux cents mille francs stipulés dans l'acte de désistement, et que Benoît, avec sa prudence campagnarde, s'est empressé de toucher en échange de sa signature, ils vivent fort à l'aise. D'ailleurs, Jacques, dont le talent s'est développé et fortifié, a chaque année un franc succès aux expositions et vend très cher ses aquarelles, ce qui lui permet d'augmenter encore le bien-être de la maison.

La démission de Jacques Marly a été le signal de nombreux départs à la direction générale. D'abord, Dubrac s'est résigné à accepter une direction en province; puis Lafontan, après s'être soulagé en giflant Désiré de La Fresnais, s'est empressé d'imiter l'exemple de Marly; il s'est fait mettre en non-activité et s'occupe maintenant uniquement de journalisme. Mais un autre événement, qui a fortement intrigué les bureaux, a été la brusque nomination de La Fresnais dans un chef-lieu d'arrondissement du Midi.

Le jeune Eliacin, la joue encore chaude du soufflet de Lafontan, avait été immédiatement trouver Perceval pour lui rappeler la parole donnée. Celui-ci le reçut du haut de sa grandeur :

— Je ne vous ai point oublié, dit-il au beau La Fresnais, vous êtes nommé sous-chef, ainsi que je vous l'avais promis. Mais vous reconnaîtrez vous-même que votre maintien dans les bureaux est devenu impossible après ce qui s'est passé. Vous allez immédiatement demander à M. le directeur général un emploi en province, d'une importance correspondante au nouveau grade que vous venez d'obtenir.

Et comme La Fresnais, abasourdi, essayait de se rebiffer, en faisant allusion aux services rendus :

— Monsieur, avait répliqué sévèrement le machiavélique Perceval, je ne sais ce que vous voulez dire. Je ne sais qu'une chose, c'est que, dans les bureaux, on vous attribue à tort ou à raison certaines manœuvres peu honorables qui auraient déterminé l'échec de ce pauvre Dubrac. Ne m'obligez pas à préciser davantage et contentez-vous de la récompense que vous avez reçue. Allez!

S'étant ainsi adroitement débarrassé d'un serviteur devenu gênant, Perceval respire plus à l'aise et peut préparer tranquillement sa future nomination à une direction générale.

Ces quatre départs, venant à la suite du passage de Perceval à la sous-direction, ont déterminé un grand *mouvement* dont on parle encore dans les bureaux, et quand on veut donner aux nouveaux venus l'exemple d'une promotion aussi nombreuse qu'inespérée, on ne manque pas de citer celle qui eut lieu « l'année de l'affaire Froideville ».

De tous les habitués du *café de midi*, Deshorties a seul gardé son emploi. Il s'ennuie ferme, maintenant qu'il est condamné à fumer sa pipe solitairement; il bougonne de plus en plus violemment contre l'Administration, mais sa démission, tant de fois annoncée, demeure discrètement enfermée au fond de son tiroir. Il reste — pour vexer Couturier.

FIN

SELECT-COLLECTION

PUBLIÉE SOUS LA DIRECTION LITTÉRAIRE DE MAX ET ALEX FISCHER

264 VOLUMES PARUS :

ACKER (PAUL)
164. Les exilés (1,75).
ADAM (PAUL)
112. Les cœurs utiles (1,20).
156. Le troupeau de Clarisse (0,95)
230. Les lions (1,20).
AICARD (JEAN)
de l'Académie Française.
20. Benjamine (1,50).
AJALBERT (JEAN)
de l'Académie Goncourt.
252. Sao Van Di (1,50)
BARBUSSE (HENRI).
255. 256. Le Feu (2 volumes, chacun 1.75).
BEAUNIER (ANDRÉ).
153. L'amour et le secret (0,95).
BERNARD (TRISTAN)
90. Secrets d'Etat (1,20).
117. Amants et voleurs (1,20).
145. L'enfant prodigue du Vésinet (0,95).
223. Féerie bourgeoise (1,20).
BINET-VALMER
78. Lucien (1,20).
128. La passion (1,20).
162. Les jours sans gloire (0,95).
237. Le sang (1,50).
BORDEAUX (HENRY)
de l'Académie Française.
176. Les Roquevillard (1,20).
236. La croisée des chemins (1,20).
BOURGET (PAUL)
de l'Académie Française.
56. L'envers du décor (1,20).
62. Les deux sœurs (0,95).
71. Le fantôme (1,75).
81. L'eau profonde (1,20).
121. Un crime d'amour (1,20).
144. Complications sentimentales (1,20)
173. Le cœur et le métier (1,20).
229. Drames de famille (1,20).
232. 233. Un cœur de femme (2 volumes, chac. 1,20).
243. La duchesse bleue (1,50).
CAPUS (ALFRED)
de l'Académie Française.
16. Faux départ (0,95).
67. Robinson (1,20)
102. Années d'aventures (1,20).
CLARETIE (JULES)
de l'Académie Française.
3. Le million (1,20).
39. L'accusateur (0,95)
COLETTE (COLETTE WILLY)
47. La retraite sentimentale (1,75).
80. L'envers du music-hall (1,50).
250. La femme cachée 1,50).

COPPÉE (FRANÇOIS)
de l'Académie Française.
196. Le coupable (0,95).
206. Les vrais riches (0,95).
221. Longues et brèves (1,20).
251. Toute une jeunesse (1,50)
CORDAY (MICHEL)
21. La mémoire du cœur (0,95).
72. Les frères Jolidan (1,20).
84. Les révélées (0,95).
114. Sésame, ou la maternité consentie (1,75).
133. Les feux du couchant (0,95).
157. Mariés jeunes (1,75).
244. Les cœurs dévastés (1,50).
COURTELINE (GEORGES)
6. Les gaîtés de l'escadron (1,50).
29. Le train de 8 h. 47 (1,50).
54. Messieurs les ronds-de-cuir (0,95).
86. Boubouroche (1,20).
104. Les linottes (1,50).
195. Les femmes d'amis (1,50).
235. Un client sérieux (1,20).
253. Ah! jeunesse... (1,50).
DAUDET (ALPHONSE)
2. Rose et Ninette (1,20).
12. Tartarin de Tarascon (1,20).
49. Tartarin sur les Alpes (1,20).
75. Port-Tarascon (1,50).
26. Robert Helmont (1,20).
37. Sapho (1,20).
65. Le petit Chose (1,50).
192. 193. Fromont jeune et Risler aîné. (2 vol. chac. 0,95).
216. L'immortel (1.20).
261. Les Femmes d'Artistes (1,75).
DAUDET (LÉON)
de l'Académie Goncourt.
55. Suzanne (0,95).
105. La lutte (1,20).
179. Le cœur et l'absence (1,75).
208. La mésentente (1,20).
225. La déchéance (1,20).
242. Dans la lumière (1,50).
DELARUE-MARDRUS (L.)
64. Le roman de six petites filles (1,20).
DONNAY (MAURICE)
de l'Académie Française.
40. Éducation de prince (1,20).
DUVERNOIS (HENRI)
92. La bonne infortune (1,20).
148. Edgar (0,95).
ESPARBÈS (GEORGES D')
38. Les demi-solde (1,20).
FABRE (FERDINAND)
83. Julien Savignac (1,20).

FARRÈRE (CLAUDE)
34. Mademoiselle Dax, jeune fille (1,20).
61. Dix-sept histoires de marins (1,75).
66. L'homme qui assassina (1,20).
85. Les civilisés (1,20).
109. Fumée d'opium (1,20).
147. Les condamnés à mort (0,95).
158. La maison des hommes vivants (0,95).
172. Les petites alliées (0,95).
187. La dernière déesse (1,20).
198. Bêtes et gens qui s'aimèrent (1,50).
213. Quatorze histoires de soldats (1,20).
226. L'extraordinaire aventure d'Achmet Pacha Djemalleddine (1,20).
257. Histoires de très loin ou d'assez près (1,75).
FISCHER (MAX ET ALEX)
14. Pour s'amuser en ménage ! (0,95).
35. L'amant de la petite Dubois (0,95).
58. L'inconduite de Lucie (1,50).
70. La dame très blonde (0,95).
88. Monsieur Tartempion (1,20).
107. Camembert-sur-Ourcq (1,20).
120. Le duel de M. Lolotte (0,95).
146. Après vous, mon Général !... (0,95).
FLAUBERT (GUSTAVE)
181. La tentation de saint Antoine (0,95).
210. 211. L'éducation sentimentale (2 vol. chac. 1,20).
FRAPIÉ (LÉON)
28. La maternelle (0,95).
FROMENTIN (EUGÈNE).
199. Dominique (0,95).
GAUTIER (THÉOPHILE)
51. Le roman de la momie (0,95).
168. 169. Mademoiselle de Maupin (2 vol. ch. 0,95).
114. Partie carrée (1,20).
GEFFROY (GUSTAVE)
de l'Académie Goncourt.
116. Hermine Gilquin (1,20).
GONCOURT (EDMOND DE)
42 Les frères Zemganno (1,50).
GONCOURT (ED. ET JULES DE
8. Madame Gervaisais (1,20)
GRÉVILLE (HENRY)
48. Sonia (1,20).

Voir la suite du catalogue à la page suivante.

VOLUMES PARUS DANS SELECT-COLLECTION *(Suite).*

GYP
1. La ginguette (1,20).
15. Geneviève (0,95).
31. Miche (1,20).
60. L'amoureux de Line (1,50).
197. Un raté (1,75).
217. Mademoiselle Loulou (1,20).
224. Elles et Lui ! (1,20).
240. Mon ami Pierrot (1,50).

HARAUCOURT (EDMOND)
165. Daâh, le premier homme (1,20).

HERMANT (ABEL)
19. Eddy et Paddy (1,20).
59. Les renards (1,20).
97. Le joyeux garçon (1,20).

HIRSCH (CHARLES-HENRY)
43. Les châteaux de sable (1,75).
82. L'amour en herbe (1,20).
131. La demoiselle de comédie (0,95).
150. La chèvre aux pieds d'or (1,20).

LAVEDAN (HENRI)
de l'Académie Française.
10. A table ! (1,20).
45. Nocturnes (1,20).

MARGUERITTE (PAUL)
de l'Académie Goncourt.
18. Maison ouverte (1,50).
101. La faiblesse humaine (1,75).
126. La maison brûle (1,75).
142. Les sources vives (1,50).
177. Les Fabrecé (1,75).
189. Nous, les mères (0,95).

MARGUERITTE (VICTOR)
33. Les frontières du cœur (0,95).
122. La rose des ruines (0,95).
130. Le Talion (1,75).
151. La terre natale (1,20).
166. Jeunes filles (1,20).
182. Le soleil dans la geôle (1,50).

MARGUERITTE (P ET V.)
50. Femmes nouvelles (1,20).
68. Poum (1,20).
77. Zette (1,75).
207. Vanité (1,20).
220. Le jardin du Roi (1,20).
245. Le prisme (1,50).
260. Les deux vies. (1,75).

MAUPASSANT (GUY DE)
119. Notre cœur (1,50).
125. Yvette (1,50).
129. Miss Harriet (1,50).
132. L'inutile beauté (1,20)
137 Pierre et Jean (1,50).
141. Le Horla (1,20).
149. Les sœurs Rondoli (0,95).
152. Boule de Suif (0,95).
160. La maison Tellier (0,95).
163. Monsieur Parent (1,75).
171. Le rosier de Madame Husson (1,50).
178. Contes du jour et de la nuit (1,75).
188. La main gauche (1,75).
205. Fort comme la mort (0,95).
209. Mademoiselle Fifi (1,20).
215. Clair de lune (1,20).
218. Une vie (1,20).
231. La petite Roque (1,20).
248. 249. Bel-Ami (2 vol. chac. 1,50).

MENDÈS (CATULLE)
24. Zo'har (0,95).

MIRBEAU (OCTAVE)
de l'Académie Goncourt.
91. Le calvaire (1,20).

PRÉVOST (MARCEL)
de l'Académie Française.
87. Chonchette (0,95).
89. La confession d'un amant (1,20).
95. Cousine Laura (1,20).
99. Le jardin secret (1,20).
106. Les demi-vierges (1,50).
111. Le domino jaune (1,20).
115. Le scorpion (1,20).
118. La princesse d'Erminge (1,20).
123. Lettres de femmes (0,95).
127. L'automne d'une femme (1,50).
135. Nouvelles Lettres de femmes (0,95).
139. Dernières Lettres de femmes (1,50).
143. Mademoiselle Jaufre (1,50).
170. L'heureux ménage (1,50).
175. Lettres à Françoise (0,95).
180. Trois nouvelles (0,95).
186. Lettres à Françoise mariée (0,95).
190. La fausse bourgeoise (0,95).
222. Pierre et Thérèse (1,20).

RACHILDE
100. La tour d'amour (1,20).
167. La souris japonaise (1,75).
241. Les Rageac (1,50)

REBOUX (PAUL)
159. Le jeune amant (0,95).
258. Pour Jasmine. (1,75).

RÉGNIER (HENRI DE)
de l'Académie Française.
7. Les vacances d'un jeune homme sage (0,95).
52. Romaine Mirmault (1,20).
103. L'Amphisbène (1,20).

RENARD (JULES)
de l'Académie Goncourt.
25. Poil de Carotte (0,95).

RICHEPIN (JEAN)
de l'Académie Française.
5. Madame André (1,20).
17. Césarine (0,95).
73. Miarka, la fille à l'ourse (1,20).
203. Braves gens (1,20).
96. Flamboche (0,95).

ROBERT (LOUIS DE)
23. Un tendre (1,20).
53. Le partage du cœur (0,95).
74. La femme reprise (0,95).
108. Papa (1,20).
138. Réussir (0,95).

ROD (EDOUARD)
11. Dernier refuge (1,20).
79. Le ménage du pasteur Naudié (1,20).

ROSNY (J.-H.)
de l'Académie Goncourt.
30. Le crime du docteur (0,95).
228. Les deux femmes (1,20).

ROSNY AINÉ (J.-H.)
de l'Académie Goncourt.
76. Marthe Baraquin (1,50).
134. Dans les rues (0,95).
174. ...et l'amour ensuite (1,50).
191. L'amoureuse aventure (0,95).
259. L'appel du bonheur. (1,75).

SANDEAU (JULES)
de l'Académie Française.
27. Madeleine (0,95).

THEURIET (ANDRÉ)
de l'Académie Française.
9. La petite dernière (0,95).
22. Les amours d'Estève (1,20).
36. Hélène (0,95).
41. Au paradis des enfants (0,95).
46. Mademoiselle Guignon (0,95).
57. Reine des bois (0,95).
63. La fortune d'Angèle (0,95).
69. Madame Heurteloup (1,20).
93. Jeunes et vieilles barbes (1,20).
98. Fleur de Nice (0,95).
110. Eusèbe Lombard (1,20).
124. L'Affaire Froideville (0,95).
140. Lys sauvage (1,50).
161. Le fils Maugars (1,20).
183. Tante Aurélie (0,95).
202. Flavie (0,95).
212. L'oncle Scipion (1,20).
219. Cœurs meurtris (1,20).
227. Boisfleury (1,20).
246. Chanteraine (1,50).
254. Amour d'automne (1,50).

VALDAGNE (PIERRE)
136. La confession de Nicaise (0,95).
234. Touti (1,20).

VANDEREM (FERNAND)
94. La victime (1,20).

ZOLA (EMILE)
4. Thérèse Raquin (1,50).
13. Madeleine Férat (1,50).
32. Contes à Ninon (1,50).
44. Le rêve (1,20).
113. Le vœu d'une morte (1,20).
154. 155. Au bonheur des dames (2 vol. chac. 0,95).
184. 185. La conquête de Plassans (2 vol. chacun 1,75).
194. Naïs Micoulin (1,75).
200. 201. L'œuvre (2 vol. chac. 0,95).
204. Nouveaux contes à Ninon (0,95).
238. 239. Le docteur Pascal (2 vol. chac. 1,50).
262. 263. 264. Fécondité. (3 vol. chac. 1,75).

Il paraît deux volumes de *Select-Collection* chaque mois.

6479. — Imprimerie Charaire, à Sceaux. — 5-27.

www.ingramcontent.com/pod-product-compliance
Ingram Content Group UK Ltd.
Pitfield, Milton Keynes, MK11 3LW, UK
UKHW020949180726
13838UKWH00003B/1214